나는
거의
아무것도
아닌
존재

# 나는
# 거의
# 아무것도
# 아닌
# 존재

리자 발라부안느 지음 • 윤여연 옮김

시프

일러두기

- 이 책 원서는 문장부호 마침표의 사용이 규칙적이지 않습니다. 번역서에서는 저자의 의도를 살리되 필요한 경우 마침표를 넣거나 뺐습니다.
- 본문의 각주는 모두 옮긴이의 것입니다.
- 인명 등 외래어는 표준국어대사전의 외래어표기법을 따르되 국내에 이미 널리 사용되는 표현이 있는 경우 그에 따랐습니다.

넌 남자가 될 거야, 아들아
넌 빛이 날 거야, 네가 가진 강한 힘으로
타인을 압도하는 외모로, 보스의 자세로
네가 가진 승리의 성(性)으로, 약자들을 멸시하기 위해
넌 네가 가진 거친 불꽃을 즐길 거야.
—에디 드 프레토*, 〈키드Kid〉(2018)

네가 사랑에 미치지 않고 누군가의 연인이 될 수 있다면,
네가 온화함을 잃지 않고 강할 수 있다면,
네가 증오를 당하더라도 상대에게 증오를 품지 않고
맞서 싸워 너를 지킬 수 있다면,
너는 남자가 될 것이다, 나의 아들아.
—러디어드 키플링**, 〈만약에If〉(1909)

* 프랑스의 가수. 자신이 성소수자임을 커밍아웃했다.

** 영국의 인기 소설가이자 시인. 《정글북》을 지었다. 〈만약에〉는 열두 살이 된 아들을 위해 키플링이 지은 시다.

차례

# 현재

어느 외상학과 병실.
흰색, 벽, 바닥, 천장.
창 너머 자동차가 드문드문 있는 주차장이 살짝 보인다.
몇 대는 세워져 있고, 몇 대는 주차장을 돌며,
입구와 가장 가까운 자리를 찾고 있다.

병상에 누워 있는 한 소년.
어떤 움직임도 보이지 않는다.

소년 앞에는 여자아이가 철제 의자에 앉아 있다.
예쁜 얼굴,
걱정 가득한 눈빛 속에는 무언가 담겨 있다.
어쩌면 불확실함일지도.
여자아이는 기다리는 중이다.
오래전부터 기다리고 있었다.

남자아이가 깨어나기를.

# 과거

## 교실 102호

나는 창가 쪽에 앉아 있다
교실 102호
물리화학 시간이다
한마디로 내 관심사는 아니다
나는 선생님의 말을 듣지 않고
어느 누구와도 말을 섞지 않고
노트를 펼치지도 않고 있다.

나는 창가 쪽에 앉아 있다
창밖으로 시선을 둔다
회색빛 운동장
바닥에 그어진 선들
누군가 벤치에 놓고 간 스웨터.

숨을 들이마시고
눈을 감는다
몇 초 동안 내 안에서,
나 자신과 마주한다
몇 초 동안 내 안에서,
다른 것들은 사라진다

몇 초 동안 내 안에서,
내 몸은 아득해진다.

계속 눈을 감고 싶다
기분이 좋아지는 순간이다
두 눈꺼풀 아래에서 펼쳐지는
이 세계는 나와 닮았다
이 세계는 아무것도 닮지 않았다
나를 닮은 세계이기 때문에 그리고
나 자신도 내가 무엇과 닮았는지 모르기 때문이다.

내 이름을 부르는 소리가 들린다
"로미오, 또 딴 세상에 가 있구나! 수업에 좀 집중할 수 없을까?"
반 아이들의 시선이 나를 향한다
어떤 애들은 키득키득 웃는다
모두 잘 알고 있다.

또 나야, 늘 나지, 존재감 없는 애,
거기 없는 애,
있어야 할 곳에 항상 없는 애.

내 이름은 로미오

——

셰익스피어 소설을 읽어본 적 없는 엄마가 지은 이름이다
소설을 읽어본 적 없는 엄마
아무것도 몰랐던 엄마
세기의 로맨스 소설 속 남자 주인공의 이름이
아들에게 잘 어울릴 거라고 생각했던 엄마
주인공이 결국 마지막에 스스로 목숨을 끊는다는 것도,
엄마는 몰랐다.

"로미오, 로미오, 당신은 왜 로미오인가요?"

사실,
나도 잘 모른다.

## 나는 그런 남자애가 아니다

나는 사람들이 상상하는 그런 남자애가 아니다
나는 사람들이 생각하는 그런 남자애가 아니다.

나는 길을 걷고 있다
귀에 헤드폰을 끼고
길을 걷고 있다
내가 걷는 리듬에 맞춰 도시가 들썩들썩 움직인다.

나는 내가 어디로 가고 있는지 아는 그런 남자애가 아니다
그냥 메트로놈처럼 똑딱똑딱 앞으로 걸어가고 있다
학교 집
집 학교
딱 이뿐이다.

나는 헬스장에서 운동하는 그런 남자애가 아니다
쇼핑몰에 들락날락하는 그런 남자애가 아니다
학교 계단에서 한자리를 차지하는 그런 남자애가 아니다
건물 입구에서 누군가를 기다리는 그런 남자애가 아니다
공을 차며 노는 그런 남자애가 아니다

나는 그저 단독주택 단지에 사는 남자애다
내가 사는 집은 다른 이웃집들과 구조가 똑같다
방 두 개 서재 한 개 거실 한 개
100제곱미터 면적의 잔디밭
야외 의자들, 바비큐 그릴 하나
구석에 돌돌 말린 정원용 호스 하나.

나는 죽어가는 동네에 사는 남자애일 뿐이다
그 동네에 사는 부모들은 자신의 아이들이 따분해한다는 걸 잊고 지낸다.

내 방문을 열면
잘 나뉜 생활공간이 보인다
가로 90센티 세로 190센티 크기의 침대 하나
책상 하나
오래된 컴퓨터 하나
옷장 하나
블루투스 스피커 하나
꾸깃꾸깃한 커튼
압정을 박아 벽에 고정시킨 포스터들

'끝'

침대 위에 내 몸은,
　　　죽은 듯
　　　길게 누워
두 발이 가장자리에 부딪힌다
유연하게 팔다리가 쫙 펴져
경계선에 닿은 내 몸의 가장자리
그 경계선은 아마도
나라는 남자애의 경계선인 것 같다.

## 프랑스어 수업

“로미오, 칠판에 적힌 문장을 읽어볼래?”
이런, 내 이름이 불렸다
나는 시선을 아래로 둔 채
가만히 있었다
그럼에도 선생님은 나를 콕 찍으셨다
내가 가진 사라지기 기술은 아직 완벽하지 않다.

나는 이런 상황이 싫다
크게 소리를 내어 읽는 것
그러니까, 특히 내가 좋아하지 않는
애들 앞에서 읽는 것을 싫어한다.

나는 목소리를 가다듬고 소리 내어 읽는다
“사랑은 바람과 같아, 우리는 사랑이 어디에서 오는지 몰라.”*

“이 문장에서 발자크가 우리에게 말하려는 건 무엇일까?
로미오는 어떻게 생각하니?”

* 오노레 드 발자크의 소설 《나귀 가죽》의 한 구절

선생님은 나를 놓아주지 않을 것이다
“말해보렴.”
아이들의 시선이 나를 향한다.

나는 다시 목소리를 가다듬고 입을 연다
“사랑은 약간 우연과도 같다는 걸 말하려는 것 같아요, 우리는 어떻게 사랑이 오는지 모르고, 또…… 음…… 어떻게 사랑이 우리에게 도착하는지도 모르고.”

남자애 둘이 비아냥거린다
그중 한 명이 자신의 성기를 만지는 시늉을 한다.

“로미오, 좀 더 정리해서 말해줄 수 있을까?”
선생님이 재촉한다
선생님은 내가 죽길 바라고 있다, 그럴 리 없겠지만
나는 전혀 모르겠다, 그러니깐, 발자크가 무얼 말하고 싶은지
더군다나 나는 아직 사랑이 무엇인지 모른다.

침을 꿀꺽 삼키고 간신히 말을 뱉는다
“사랑은 언제 어디서든 홀연히 우리에게 나타날 수 있고, 사랑을 결정하는 일은 우리의 몫이 아니며, 우리가 할 수 있는 건 아무것도 없다는 말을 하려는 것 같습니다.”

몇 초 동안 정적이 흐른다
굉장히 긴 시간처럼 느껴진다.

"그래, 이거야, 여러분의 친구가 말한 것처럼, 이 문장에서 발자크가 우리에게 말하려는 것은 사랑은 우연의 열매이고, 바람처럼 우리에게 불현듯 다가올 수 있다는 거야. 좋아, 그럼 4문단을 다시 살펴보자."

그 두 놈은 여전히 비아냥거리고 있다
나를 향한 차가운 시선
내가 했던 것
　　　말했던 것
　　　　　　생각했던 것
　　　　　　　　　입었던 것
　　　　　　　　　　　　느꼈던 것
　이 모든 게 다른 사람들 눈에는 이해되지 않을 것이다.

어쩌면 내가 변해야 할지도 모른다
그들과 비슷해지는 법을 배워야 할 것이다
무리 안으로 들어가야 할 것이다
게임 안으로 녹아들어야 할 것이다.

그렇지만 내 생각에

나는 반대 방향에 있고,
바람처럼 있는 것을 더 좋아한다.

자유롭고 눈에 띄지 않게.

## 내 이름은 로미오

나는 멀미를 한다, 양말에 구멍이 났다, 대중교통을 타면 속이 메슥거린다, 가끔 담배를 피우지만 한 번도 담배를 사본 적은 없다, 난 수학이 어렵다, 예술사를 좋아한다, 늦은 밤에 음악을 듣는다, 남몰래 짧은 글을 쓰고 있다, 쓰고 난 뒤에는 다시 읽어보지 않는다, 여섯 살 때 유도를 했다, 정말 싫었다, 짐 자무시 감독의 영화를 좋아한다, 혼자서 짐 자무시 감독의 영화들을 본다, 고기를 별로 좋아하지 않는다, 딱 붙은 청바지를 입는다, 사람들은 그런 나를 게이로 취급한다, 나는 물에 빠져 죽는 꿈을 자주 꾼다, 암스테르담, 런던, 바르셀로나를 수학여행으로 가본 적이 있다, 혼자 여행을 하고 싶은데 부모님이 반대한다, 나는 말을 많이 하지 않는다, 대화 주제에 상관없이 말수가 적다, 나는 여러 여자애와 키스를 해본 적이 있다, 그게 좋았는지는 나도 잘 모르겠다, 가끔 클래식도 듣는다, 엄마는 내게 관심이 없다, 제롬 데이비드 샐린저의 소설 《호밀밭의 파수꾼》을 네 번 읽었다, 체육 시간을 좋아하지 않는다, 체육복이 싫다, 여름에 반바지를 입지 않는다, 바닷가에서 살고 싶다, 지붕 위에서 떨어지는 꿈을 자주 꾼다, 이상하게 기차역 로비가 너무 좋다, 열한 살 때 팔꿈치가 부러졌는데 왜 다쳤는지는 모른다, 의무감에 붙임성 좋은 아이처럼 행동한다, 나는 시위에 참여하지 않는다, 소신이 없는 게 아니라 인파가 몰린 장소를 싫어하기 때문이다, 영화표를 모은다, 혼자 영화관에 자주 간다, 부모님은 그런 걸 좋아하지 않는다, 엄마의 이름은 로랑스이고 은행에서 근무하신다, 이 세상에 내가 존재하지 않더라도 달라지는 건 없을 것이라는 느낌이 자주 든다, 잘린 풀 냄새와 구운 정어리 냄새를 좋아한다, 내 머리카락은 금빛이 도는 편이다, 나는 TV 축구 중계를 보지 않는다, 아빠는 파리 생제르맹 FC의 팬이다, 난 외동아들이다, 한때 친하게 지낸 동성 친구가 한 명 있었는데 그 친구가 이사를 가버렸다, 다른 애들은 모두 나와 너무 다르다, 나는 후드티를 입고 컨버스 운동화를 신는다, 있는 듯 없는 듯 하는 데 제법 뛰어난 능력을 가졌다—뭐, 항상 그런 건 아니지만—, 나는 정말 미래를 생각하지 않는다, 내 방에 있는 거울 앞에서 혼자 춤을 추곤 한다, 나를 쳐다보는 사람은 아무도 없다, 나를 아는 사람은 아무도 없다, 내 이름은 로미오, 나는 공중에서 폭발하는 꿈을 자주 꾼다.

## 삼촌

삼촌은 시내 작은 가게에서 음반을 판다
삼촌은 아빠의 형제다
　　하지만 두 사람은 서로 닮은 구석이 하나도 없어
　　보인다.

수업이 끝나고 삼촌을 보러 가는 걸 좋아한다
록 음악이 사방에서 울린다
기타, 베이스, 드럼
쿵쿵거리는 울림이 내 몸에 스며든다
　　내 몸을 빙빙 돌게 만들 정도로.

나는 구석 자리에 앉아
삼촌이 풀어놓는 젊은 시절 음악 이야기를 듣는다
삼촌은 자신의 인생 음악을 내게 알려주는데
꼭 내게 과거의 어떤 이야기를 들려주는 것 같다
삼촌과 함께 데이비드 보위, 더 스투지스,
더 후, 벨벳 언더그라운드의 음악을 듣는다
나는 옛날 노래들을 듣는다
소녀의 외모를 가진 녀석들과 함께,
소년의 목소리를 가진 녀석들과 함께,

사람들이 자신들을 이해하지 못한다고 노래 부르는 녀석들과 함께.

내 머리와 두 다리에 스며드는 〈모던 러브〉*
내 배와 두 팔에 스며드는 〈모던 러브〉

내가 다니는 고등학교에는 이런 음악을 아는 애들이 아무도 없다
학교 아이들은 잔뜩 곤두선 목소리를 좋아하고,
폭력, 분노, 난폭을 말하는 가사를 좋아한다
그들은 제스처가 크다
큰 소리로 떠든다, 소리를 질러야 한다고 생각한다
자신의 말을 듣게 하려면 더 세게 말해야 하고
다른 애들을 박살낼 때까지 짓밟아야 한다고 생각한다.

나는 말을 하지 않는다
거의 아무 말도 하지 않고
내 구석 자리에 있다.

나는 다른 애들이 듣지 않는 것,

* 데이비드 보위의 노래

그들은 영원히 듣지 않을 것을 듣는다.

나는 아름다움을 듣는다.

## 저녁 6시 20분

이 시간쯤 집에 들어간다
마지막 수업이 끝나고
가끔은 그보다 좀 더 늦은 시간에
현관문을 열고 들어가면
집에서 나를 기다리는 사람이 아무도 없다
단 한 명도 없다
나는 이런 상황에 익숙해졌다.

현관문이 닫히면 나는 이렇게 혼자가 된다.

가방을 구석으로 휙 던져놓는다
내일까지 가방을 열어보지 않을 것이다
부엌으로 가서
남은 식빵, 시리얼, 비스킷을 찾아
그 자리에 선 채로 조용히 먹고,
개수대에서 그릇을 닦아 제자리에 놓는다
아무 흔적 없이.

내가 거기 있었다는 것을 아무도 알지 못할 것이다.

나는 이 시간이 좋다
부모님이 퇴근하지 않는 시간
나에게 기대하는 것을
억지로 하지 않아도 되는 시간
하지만 나는 지레 겁을 먹는다
아빠가 내 등짝을 때릴 순간과
엄마가 꺼낼 무의미한 지적들을.

"숙제 다 했어? 방 정리는? 빨랫거리 다 모아놨어? 설거지 했어? 여자 친구는 있니? 또래 친구들하고 나가서 놀아야 해. 다른 옷 스타일로 입을 수 있잖니. 네 머리카락을 내가 확 자를지도 몰라! 그래도 소파에 딱 달라붙은 아빠처럼 되진 않을 거지? 여름방학 때 할 알바는 찾고 있니? 구인 광고는 봤어? 여자 친구는 있니? 우체국에 들렀어? 빵 사 왔어? 마당 잔디 좀 깎아놔. 내 회사 동료의 아들하고 넌 너무 달라. 운동 좀 하지 않을래? 내가 보기에 넌 정말 평범하지 않아. 여자 친구는 있니? 너를 보고 있으면 오만 생각이 다 든다."

저녁 8시가 되면
TV가 켜질 것이다

BMF, TF1, C8, CNEWS

쓸데없는 언쟁을 벌이며 서로 욕을 하는 사람들
그곳에서는 사소한 싸움 말고 해결되는 게 아무것도 없다
　　　같은 시간 다른 사람들은 굶주림에 죽어간다
　　　같은 시간 다른 사람들은 추위에 죽어간다
그리고 아무 일도 일어나지 않는다.

아빠는 TV를 보고 있고 엄마는 볼멘소리를 낸다
둘은 서로 말을 하지 않는다
둘은 내게 말을 걸지 않는다
그 둘 사이에 흐르는 〈침묵의 소리The Sound of Silence〉*
그리고 중간에 있는 나
그들의 눈에는 쓸모없는 존재.

저녁 6시 20분
나 혼자 있는 시간
　　　고요한 시간
　　　소중한 시간
삶이 몇 분 정도 멈춰 있는 시간
때론 한 시간 정도,
아무것도 생각하지 않는 시간
내 기분이 좋은 시간.

* 1960년대 활동한 미국의 남성 듀오 포크 가수, 사이먼 앤 가펑클의 노래

## 불협화음

내가 열세 살이 되던 날
삼촌은 내게 베이스 기타를 줬다
삼촌이 가지고 있던 펜더* 기타였다
젊은 시절 삼촌은 밴드에서 연주를 했다
그날 이후, 삼촌은 내게 기타를 가르쳐주었다
정확히 말하자면 가끔가다.
미래를 거부했던
그때 그 시절을 향한 그리움을
삼촌은 내게 자주 이야기해줬다.

나는 베이스 기타를 치는 게 좋다
내 실력이 썩 나쁘지는 않다
몇몇 음이 앰프에 연결된다
늘 깊은 슬픔에 젖어 있는
느릿느릿한 화음
내 방과 내 머리에서 윙윙 돌아다니는
베이스 기타의 둔탁한 소리가 좋다.

* 미국 최대의 기타 제작사

부모님이 집에 안 계실 때
나는 두 손으로 베이스 기타를 쥐고
기타 줄 위에 손가락을 올려놓는다
여러 음을 길게 끌며 화음을 찾는다
하지만 베이스 기타 혼자는 아무짝에도 쓸모없다
그 자체만으로 충분한 악기가 아니다
다른 악기들을 받쳐주는
기본 리듬일 뿐이다.

나는 바보처럼 혼자서
자주 들었던 노래들을
내가 작곡한 곡인 것처럼
다시 연주해본다.

가끔씩 나는 삼촌 가게에 붙은
작은 게시문들을 살펴보곤 한다
언젠가 내가 읽게 될 문장을 기다리면서.
'인디 밴드에서 베이스 기타 연주자를 찾고 있습니다'
언젠가 그런 구인 글에 연락해야지 하고 생각한다
그런 날이 오면 조금도 머뭇거리지 않을 것이다.

## 처음에 대한 꿈

아마 오늘 밤일 거야.
오늘 밤이 확실해.
처음으로 우리의 살결이,
처음으로 우리의 땀이,
우리의 몸이 서로 뒤섞이는 거야, 오늘 밤.

우리 뒤로 다른 사람들이 있어.
앞에는 뭐가 있는지 몰라.
우리 앞에 뭐가 있어?
우리 앞에, 이제 시작하는 밤이 있어.
음악 소리가 멀리서 들려와.
연주가 아주 강렬한 〈네 모습 그대로Come as you are〉.*
그곳에서 포고 댄스**를 춰야 해.
그렇지만 우리는 그곳으로 되돌아가지 않을 거야.

스타킹 아래로 떨리는 너의 허벅지.
내 두 손은 땀에 젖고 목구멍은 바싹 말라가.
네가 너무 아름다워 미치겠어.

* 미국의 록 밴드 너바나의 노래
** 펑크 록에 맞춰 서로 몸을 부딪치는 춤

네가 처음이 아니야, 네가 처음이야.
이런 식으로 모든 게 설명되지 않아.

나는 겁이 나, 내 눈은 너의 옷을 벗기고 있어.
하지만 바보 같은 짓은 하지 않을 거야.
나는 멍청한 짓을 하는 그런 남자가 되고 싶지 않아.

너는 웃고 있어.
그리고 내 몸 위로 곧장 달려들어와.

뜨거워져, 살짝 타버린다 해도 좋아.
너는 내 무릎을 만져. 부드럽게.
서로 말을 하지 않아. 그럴 필요 없어.
침묵은 입으로 나오지 않은 단어들에 불과해.
우리 사이에 흐르는 공기 속에서 모두 둥둥 떠다니고 있어.
알아들을 수 없는 말을 다른 사람들이 소리 높여 외치고 있어.
우리를 찾고 있는 것 같지만, 우린 가지 않을 거야.
추위 속에서 우리 둘이 함께여서 좋아.
새벽 2시, 내일은 아직 시작하지 않았어.
나는 너의 이와 그 위를 부드럽게 지나가는 혀를 바라보고 있지.
너를 기다리기만 할 수 없었어.
지금 네가 여기 있어.
나는 돌아가지 않을 거야.

내 옆에 네가 있어.
아마 오늘 밤일 거야. 오늘 밤이 확실해.
처음으로 너와 사랑을 나누는 엄청난 기회 말이야.

나는 이 순간 항상 깬다.
내 옆에는 여자가 없다.

## 포르노 영화

운동장에서 남자애들이 나누는 대화가 들린다
　　　평범한 애들
　　　단정한 애들
자신들이 봤던 영화를 얘기하고 있다
　　　포르노 영화다
그놈들은 깔깔거리고, 들뜬 상태로, 시끄럽게 떠들며, 소리를 지른다
지나가는 여학생들을 쳐다보며 큰 소리로 평가한다
　　　엉덩이 가슴 입 허벅지
지나가는 여학생들을 쳐다보며 큰 소리로 욕을 퍼붓는다
　　　더러운 년 쌍년 음탕한 년 염병할 년
여학생들은 시선을 아래로 두고
아무것도 못 들었다는 듯이 행동한다
어떤 여학생들은 그들을 향해 맞서지만
그놈들은 굽히지 않고
더 큰 소리로 깔깔거린다
　　　평범한 애들
　　　단정한 애들
그놈들은 모른다
아무것도 모른다.

물론 나도 본 적이 있다
        포르노 영화를
그놈들이 본 것과 다른 영화였지만
그건 중요하지 않다, 포르노 한 편을 봤다면 포르노를 모두 다 본 거나 다름없다
항상 똑같은 내용이다
        시달리는 여자와 지배하는 남자
항상 똑같은 내용이다
        명령하는 남자와 '네'라고 대답하는 여자
항상 똑같은 내용이다.

하지만 그건 사랑이 아니다
        포르노처럼 그렇지 않다
        포르노처럼 그럴 수 없다
        그게 사랑이라면 모두 나쁜 놈들이다
왜냐하면 사랑은
심장 눈 배 다리 손
온몸이 자석처럼 끌어당겨지는 것이기 때문이다
나는 이런 게 사랑이라고 믿는다.

사랑은 당연히 그런 것이다.

## 12시 30분

두 번째 그룹의 점심시간이 시작된 학교 식당
사람들이 어딘가로 떠나지 않는다는 것 빼고는
꼭 기차역 로비 같다.

학생들이 줄을 서 쟁반을 챙긴다
앞뒤로 잘 줄지어 기다리는데
우리 차례에서 디저트가 똑 떨어졌다.

나는 자리에 앉은 애들을 바라보고
얼굴을 유심히 살핀다
포도송이처럼 촘촘히 붙어 앉은 여자애들,
소란스러운 남자애들,
배경 음악으로 쉼 없이 웅웅거리는 소리.

나는 따로 떨어진 테이블을 찾아
혼자 자리를 잡고
귀에 이어폰을 꽂는다
바깥 소리가 더는 안 들린다
그리고 접시 위에 놓인 퓌레와 햄을 바라본다.

15분 만에 해치웠다
식판들이 치워진다
곧 세 번째 그룹의 점심시간이 시작된다
너무 오래 앉아 있으면 안 된다는 뜻이다.

나는 옆 테이블을 힐끔 쳐다본다.

그 여자아이가 저기 있다,
내가 자신을 보고 있는지도 모르는
그 아이가 저기 있다,
흰색 블라우스에
눈썹까지 내려온 짙은 앞머리
두 손이 허공을 날아다닌다
그 아이보다 더 우아한 새는
한 마리도 없을 것이다
내 존재조차 모르고 있는 그 아이.

가끔씩 나 자신이 나약하다는 생각이 든다
나의 외로움, 나의 노래들, 나의 질문들,
내가 변해야 할 것이다
붙임성이 좋은 사람이 되어야 할 것이다
다른 애들에게 말을 걸어야 할 것이다.

그런데 무슨 말을 하지?
나 같은 남자애한테
누가 관심을 가져줄까?

## 예민한 아이

나는 예민한 남자애다
엄마는 물러터졌다고 할 것이고
아빠는 약해빠졌다고 할 것이다
나는 그냥 예민한 존재일 뿐이다
분명히 다른 존재.

그날을 다시 생각해본다, 버스 안에서 두 남자가 서로 싸우기 시작했고 한 여자가 "저 둘을 좀 떼어놔요"라고 소리쳤지만 나는 꼼짝하지 않았던 그날

그날을 다시 생각해본다, 크리스마스 연휴를 맞아 엄마에게 머리를 다듬지 않겠냐고 내가 묻자 엄마가 "네 머리나 다듬으렴" 하고 반응했던 그날

그날을 다시 생각해본다, 체육 선생님이 팀을 정한 뒤 내게 "너는 한쪽으로 비켜 있어, 네가 있으면 팀이 질 거야"라고 말했던 그날

그날을 다시 생각해본다, 채혈을 하느라 기진맥진해진 내게 간호사가 "이 꼬맹이 엄청 엄살이네"라고 웃으며 말했던 그날

그날을 다시 생각해본다, 아빠와 함께 유령 열차를 탔는데 갑자기 나타난 해골을 보자마자 내가 울고불고해 영

원한 겁쟁이로 전락한 그날

그날을 다시 생각해본다, 영화 〈오즈의 마법사〉를 보며 울었던 그날, 사람들이 내 눈물을 이해하지 못할까 두려워 남몰래 삼켰던 그날.

그냥,
나는 예민한 존재일 뿐이다,
　　　분명히 다른 존재.

## 학교 운동장이 보이는 창가

몇 발자국 거리를 두고
복도에서 나는 그 여자아이를 뒤따라 걷고 있다
다른 친구들 사이에 있는 그 아이를 바라본다
짙고 숱이 많은 머리카락으로
마음을 흔들고 반짝반짝 빛나기까지 하는 사람은
오직 그 아이 한 명이다.

나는 그 애 친구들이 나누는 대화를 엿듣는다
선생님, 영화, 남자 얘기다
그런 얘기에 관심 없는 것처럼 그 아이는 말을 거의 하지
않는다
다른 애들은 짹짹 재잘거리지만,
아랑곳하지 않는 듯 둥지 위를 날아다니며
대화에 살짝 들어갔다가, 다른 곳으로 살짝 나갔다가 하며
사실은 대화 속에 함께 머문 적이 없는
참새 소녀.

그 아이가 영어 수업 교실 쪽으로
걸어가는 모습을 몰래 지켜본다
살짝 열린 교실 문틈으로

그 아이의 모습을 바라본다
나처럼 창가 쪽 자리에 앉아 있다
텅 빈 운동장이 보이는 자리
그 아이는 책과 필기도구도 꺼내놓지 않고
여린 손으로 앞머리를 쓸어 매만진다
그 아이가 입은 블라우스의 하얀색이
우윳빛 피부에 녹아들어간다.

그때 그 아이가 복도 쪽으로 고개를 돌린다
그 아이의 눈과 마주친다
눈에는 아무런 감정이 보이지 않는다
그 아이는 나를 쳐다보지만 그게 다이다
자신을 보고 있는 나를 본다
그 순간 그 아이가 느낀 감정이 무엇인지 나는 모른다
그 아이는
무대에서 움직이는 육체에 불과하고
실제 삶은 다른 곳에 있는 것만 같다.

나의 삶도 떠돌아다니는 그 어딘가에
이곳에서 멀리 떨어진 그 어딘가에 있는 것만 같다.

## 사물함

학교에는 개인 사물함이 있다
내 사물함 옆을 사용하는 녀석은
내가 좋아하지 않는 놈이다
나를 좋아하지 않는 놈이다
　　　서로 좋아하려고 학교에 오는 건 아니니깐
하지만 서로 마주치는 일을 피할 수만 있다면…….

그 녀석이 바로 저기 있다
수학책을 꺼내러 가자면 어쩔 수 없다.

내가 사물함을 열자 그 녀석이 내 쪽으로 몸을 기울인다
"어이, 아기 고양이, 잘 지내냐?"
그 녀석은 늘 나를 이렇게 부른다
　　　　　　　　　　　　　　　　　　아기 고양이
고양이를 좋아해서 그런 게 아니라,
그놈이 나를 그런 식으로 보기 때문이다
　　　　　　　　　　　　　무방비 상태인 작은 존재
가끔 내가 옆을 지나갈 때
그 녀석은 내게 "야옹" 소리를 내고,

"야옹야옹"거리며
내 다리를 제 다리로 비벼댄다
그러면 녀석의 친구들 모두 나를 우스워한다
거의 모두가 그렇게 비웃는다
나는 그들에게 아무런 반응을 하지 않는다
내가 그들에게 뭐라고 말할 수 있을까?

그 녀석은 걸핏하면 시비를 걸어온다
"아기 고양이야, 네 말이 안 들려, 네 혀는 고양이
가 가져갔냐?"
나는 아무도 쳐다보지 않고
복도를 빠르게 걸어간다
그런 놈이랑 치고받지는 않을 것이다
그놈이 기다리는 건
　　　내가 무너지고
　　　반응하고
　　　드잡이를 하는 것이다.

나는 이런 모든 것과 아무 관계없는 사람이다
마구잡이로 아무나하고 싸워서 증명해야 할 게 하
나도 없다.

나는 야옹야옹 소리에

---

거의 익숙해져
못 들은 척한다.

더군다나, 나는 고양이를 좋아하지도 않는다.

## 사내아이

나는 사내아이로 태어났다
내가 선택하지 않았다
그냥 그렇게 됐다
나는 사내아이로 태어났다
그리고 사람들이 내게 무엇을 기대하는지
재빠르게 이해했다.

사내아이는 강한 신체를 가졌다
사내아이는 울지 않는다
사내아이는 거칠다
사내아이는 성과를 이뤄낸다
사내아이가 지배한다
사내아이는 앞서간다
사내아이가 자리를 차지한다
사내아이는 약속 따위는 않는다
사내아이는 남자다워야 한다
사내아이는 쉬운 여자를 좋아한다
사내아이가 늘 옳다

나는 사내아이로 태어났다

하지만 나는 거친 세상 속의
사내아이처럼 태어나지 않았다
세상에 담긴 질문, 취약점, 의심을
말해선 안 되고,
근육과 기타 등등을 기필코
팽팽하게 만들어야 하는 세상,
너의 감정이 팬티에서 나오는 게 아니라면
그 감정은 중요하지 않다는 그런 세상 속의 사내아이가
아니다.

나는 사내아이로 태어났다
미안하지만, 나는 그런 사내아이가 아니다
그런 성향을 가지고 태어나지 않았다
내게는 강한 남자의 면이 없다
승리자의 면이 없다.

나도 내 테스토스테론이 어디로 갔는지 모르겠고,
그렇다고 그걸 찾고 싶은 마음도 없다
나는 이런 모든 명령을
이제는 듣고 싶지 않고,
사람들이 우리에게 주려는
역할을 더 이상 하고 싶지 않다.

## 삼촌

삼촌 가게에 손님이 북적거린 적이 없다
최대 방문 인원은 늘 삼촌과 나 둘이다
가끔 남자 한 명 정도가 가게로 들어오곤 한다
손님은 거의 항상 남자다
여자들은 음반을 사지 않거나
아니면 음반은 덕후의 것이거나
둘 중 하나라는 생각이 든다
게다가 옷차림새를 보면
아주 긴 머리에 나이 불문
록 밴드의 티셔츠와 가죽 재킷을 입은 남자들
그도 아니면 연기로 가득한 파티에서
사람들 몸을 들썩이게 할
일렉트로닉 음반을 사러 오는
삭발 머리에 90년대 스타일의 점퍼를 입고
놈코어 룩으로 멋을 낸 젊은이들이다
하지만 요즘에는 단둘만 있다
삼촌은 자신이 정말 좋아하는 옛 음반
프랭키 고스 투 할리우드의 〈사랑의 힘The Power of Love〉을
튼다.

"이런 건 록이 아니야.", 내가 삼촌에게 말한다
삼촌은 "너는 록에 대해 하나도 몰라, 이거 때문에 록인 거야"라고 대답한다

"그냥 바이올린 연주에 사랑 노래를 살짝 얹은 것에 불과해, 그리고 목소리가……"

"우리 조카, 정말 엉망이네. 록은 거대한 감정이야. 그런 감정이 복부, 창자를 뒤집어놓고 그 안에서 모든 게 복작거리는 거야. 그리고 록은 늘 사랑을 이야기하지."

우리는 조용히 음악을 듣는다
조금은 경건하게.

어떤 남자가 이렇게
피아노 화음 위에서 슬퍼하는 목소리를 가질 수 있고
밤에 빛나는 불빛만큼 아름다운 목소리를 낼 수 있을까
어떤 남자가 이렇게
웃음거리가 되지 않고 누군가를 향해 용기 내어

"꿈은 천사와도 같아, 우리에게서 악을 쫓아내지."

이런 말을 할 수 있을까.

남자들도 일상 단어들을 사용해
사랑에 대해 말할 자격이 있다

나는 내가 그런 사람이라고 생각한다
나는 강한 사람이 아니고
그냥 가슴이 뛰는 사람이다.

## 계산대 옆 작은 게시물들

상태 좋은 기타 앰프를 팝니다.
어쿠스틱 기타가 좋아져서 팔아요.
좋은 가격에 드릴게요. 가격 협상 가능.

9월 12일에 음반을 사는 너를 봤어. 비틀스의 〈화이트 앨범〉이었어. 너는 검은색 스웨터를 입고 파란색 털모자를 썼어. 널 다시 볼 수 있으면 좋겠어. 만나서 너와 폴 매카트니에 대한 이야기도 나누고 싶어. 사장님께 내 번호를 남겼으니까 연락 줘.

샤키라의 앨범을 모두 팝니다.
샤키라는 여전히 아름답지만
이제는 제가 좋아하지 않아요.
좋아할 나이도 지났습니다.

## 엄마

나는 집으로 들어와, 내 방에 가방을 던지고, 욕실로 들어간다. 욕실 공기에 엄마 향수가 배어 있다. 엄마가 여기, 바로 내 옆에 있는 것만 같다. 수많은 향기 속에서도 이 향을 찾아낼 수 있을 것 같다. 그렇지만 엄마, 나는 엄마를 모른다. 물론 엄마의 성, 그 앞에 붙는 세 개의 이름, 생일, 출생지를 모두 알고 있다. 하지만 엄마라는 사람에 대해 아는 게 없다, 그러니까 진짜로 없다. 엄마가 어린 시절과 청소년 시절에 무엇을 좋아했는지, 어떤 꿈을 품었는지 아무것도 모른다. 과거의 엄마는 지금과 같은 모습, 퉁명스럽고 무뚝뚝하고 때로는 차가운 모습이었을 것 같다. 왜 엄마가 아이를 갖고 싶어 했는지 모르겠다. 엄마는 내게 관심이 없다. 내가 어렸을 때 엄마는 동화책을 읽어주지 않았고, 나와 놀아주지도 않았고, 일상 속 사물에 대한 이야기만 했다. 예를 들면 내가 다 먹어야 하는 음식, 내가 다시 잘 묶어야 하는 신발끈, 내가 정리해야 하는 장난감들. 곧 열여섯 살이 되는 지금도 엄마의 대화 주제는 늘 똑같다. 아무것도 달라진 게 없다. 엄마는 오래전부터 내게 녹음된 말만 되풀이하는 로봇이다. 분명 무언가, 엄마에게 그 무언가, 생기 있는 모습, 진짜 모습이 있다. 숨을 쉬고, 심장이 두근거리고, 살아 움직이는 부분이 분명 엄마에게도 있다. 하지만 엄마의 그런 모습을 찾으려면 어떻게 해야 하는지 나도 모르겠다. 매일 내 눈앞에 엄마가 있지만 나는 엄마가 그립다. 엄마는 내 앞에 백지처럼 있다. 적힌 게 하나도 없는 페이지, 엄마와 나 사이에는 이야기가 전혀 없다.

엄마에게는 내가 이해하지 못하는 무언가가 있다.

## 열여섯 살 생일

오늘은 내 생일이다
이 땅에 나온 지 16년
무기력하게 살아온 16년.

나는 일어난다, 그리고 여느 날처럼
부엌에서 라디오가 크게 울린다
엄마는 커피를 마시고
아빠는 낱말 퍼즐을 풀고 있다
아무도 내게 말을 건네지 않는다
이런 상황은 내게 잘 어울린다.

그릇에 시리얼을 가득 채우고 우유를 붓자
시리얼이 둥둥 떠다닌다
나는 어렸을 때
소들이 우유를 만들려고
오줌을 싸는 장면을 상상하곤 했다
나의 상상은 아빠를 웃게 만들었다
　　　　오늘 아침 나의 어린 시절이
　　　　내게 까마득하게 느껴진다.

나는 식탁에 앉는다
엄마는 신문을 훑어보고 있다
뉴스에서는 선거 이야기가 흘러나온다
엄마는 큰 소리로 "뭐가 됐든 다 거기서 거기야!"라고 말한다
곧바로 엄마에게
나도 거기서 거기인 사람인지
엄마에게는 나도 다른 사람들과 똑같은지,
아니면 엄마가 조금이라도 더 나를 사랑하는지
엄마가 내 눈을 바라보면서
나를 사랑한다고 말할 수 있는지
용기 내어 물어보고 싶지만
아무것도 묻지 않는다
일기예보에서는
오늘 아침 폭우가 쏟아질 것이라고 한다.

아빠는 문을 쾅 닫으며 벌써 출근하신다
엄마는 "나도 나간다, 또 짜증나는 하루가 시작되는군" 하고 말하며 가방을 들고 열쇠를 찾는다
아침 7시 30분
앵커가 날짜와 시간을 알려준다
엄마가 내 쪽으로 몸을 돌린다
거의 화가 난 상태로.

"네가 오늘 네 생일이라고 우리에게 말할 수 있었잖아,
그거 알아? 넌 정말 이상한 애야."

그리고 엄마는 한숨을 푹 내쉬며 자리를 뜬다
차가운 그릇을 앞에 두고 나는 혼자 앉아 있다
배가 살짝 아프다.

이제 열여섯 살이 됐지만 이를 얘기할 사람이 아무도 없다
뭐가 더 최악일 수 있는지 나도 모르겠다.

## 다른 삶

떠나고 싶다는 생각을 자주 한다. 이 동네, 학교, 가족, 이곳에서의 삶에서 벗어나고 싶다. 모든 것을 버리고, 다른 곳으로 떠나, 다르게 살고 싶다. 별안간 낯선 곳에 정착해 다른 사람들을 만나고, 다른 얼굴들을 보고, 다른 목소리들을 듣고 싶다. 부모님을 그리워하지 않을 것이다. 부모님도 나를 그리워하지 않을 것이다. 마침내 우리 가족은 존재하지도 않은 유대 관계에서 해방될 것이다.

원룸을 얻고, 알바를 구하고, 나의 진가를 보여주는 모습을 자주 상상한다. 혼자서 난관을 극복하고, 어느 누구에게도 의존하지 않고, 나 자신을 잘 알고, 내 생각, 감정을 더는 드러내지 않으며, 현실에서 벗어나 나라는 존재의 형태를 갖추는 것. 나는 떠날 것이고 활기차게 살아갈 것이다.

어쩌면 더 간단한 일일지도 모른다는 느낌이 자주 든다. 지우고 새로 쓰는 보드판처럼. 내가 완전 어렸을 때 좋아했던 장난감, 매직보드처럼 말이다. 어릴 적 나는 매직보드에 마구 낙서한 다음 지우고 다시 쓰곤 했다.

내가 앞으로 만날지도 모를 사람들을 자주 상상한다. 그 사람들은 다른 사람들을 평가하지 않고, 신체, 다름, 복잡한 부분에 있어 각자 있는 그대로의 모습을 받아들인다. 내게 끊임없이 성공하라고 요구하지 않고, 내게 강하고, 중요하고, 유능한 존재가 되라고 강요하지 않는 그런 삶을 사는 이들일 것이다. 나는 실수할 권리, 때로는 약해도 될 권리, 이유 없이 눈물을 흘릴 권리를 원한다.

여기서 무엇이 나를 붙잡고 떠나지 못하게 가로막는지 나 자신에게 자주 물어본다. 내가 용기를 낸다면, 잘될 수 있을 것 같다.

---

## 쥐스틴

프랑스어 선생님이 학교에 출근하지 않으셔서
오늘은 발자크의 《나귀 가죽》을 읽지 않는다
밖에는 비가 퍼붓고 있어
교실에 발이 묶인 상태다.

교실은 아이들로 가득하고
지켜보는 사람이 아무도 없다
여자애 둘은 매니큐어를 바르고
어떤 녀석은 책상에서 담배를 말고
또 다른 놈은 폰으로 오렐상의 노래를 엄청 크게 틀어놓는다
"기본적으로, 솔직히, 너희들은 기본이 안 돼 있어."*
걔도 기본이 안 돼 있는 것 같다.

나는 책상에 앉아 있다
이상하게도 참새 소녀가
이쪽으로 온다
바로 여기,

* 프랑스의 랩퍼 오렐상의 노래 〈기본Basique〉의 가사

내 옆자리를 선택했다

"안녕, 앉아도 돼?", 그 아이가 내게 묻는다.

나는 쿨한 척 어깨를 으쓱한다
그 아이가 앉고,
나는 신경 쓰지 않는 척한다
하지만 사실 나는 그 아이의 손을
가까이에서 볼 수 있어서 정말 좋다.

주위가 소란스럽고
내 심장이 쿵쾅거리는데도
나는 얄타 협정, 권력 분배 따위를 읽으며
역사 공부를 하려 애를 쓴다.

내 머릿속에서는 이런저런 생각이 떠다닌다.

말을 걸어봐
뭐라도 물어봐
관심을 끌어봐.

그렇지만 나는 늘 그렇듯 입을 다물고 있다
나는 의외의 모습이 있는 남자애가 아니다.

그 아이가 내게 말을 걸었다

"음반 가게에서 널 자주 봤어. 집에 가는 길에 바로 그 앞을 지나거든. 신기하게도 너 말고는 아무도 없더라. 너는 이상한 애야……, 그러니깐 애들이 그렇게 말해. 다른 애들은 그게 불편한가봐, 그런데 나는 그런 모습이 너를 더 궁금하게 만들더라."

나는 루스벨트, 처칠, 스탈린을
옆으로 제쳐놓고
그 아이에게 처음으로 말을 건넨다.

"내 이름은 로미오야, 넌?"
"내 이름은 쥐스틴이야."

## 그날 이후

머릿속으로 문장의 수를
다시 세어봤다
우리가 그날 나눈 대화의 문장의 수
스물네 개
내 할당량을 훨씬 넘었다
나는 누군가와 그렇게 많이 말해본 적이 없었다
가장 많이 말했던 적은 삼촌이랑 있을 때뿐이다
내 생각에는.

자연스럽게
다른 애들 앞에서
내게 말을 걸어
내 뇌를 화들짝 놀라게 하고
구석구석 울리게 만들었던
쥐스틴의 목소리
이건 전혀 예상하지 못했던 일이다.

그날 이후
우리가 남겨뒀던 문장들을
다시 붙잡아

그다음을 이어가는
상상을 하지만
그런 일은
이제 일어나지 않는다.

그날 이후
나는 그날은 우연에 불과했고,
쥐스틴은 내게 관심이 없으며,
나에 대해 잘 몰랐기에
계속해서
나와 말할 기회를 노렸고,
몇 마디 말로
쥐스틴은 내가 모든 것을 말했다고 생각하고 있다는
결론을 내렸다.

스물네 개의 문장으로 끝이 났다.

## 우리가 뜨겁게 불타오르는 것처럼

나는 길을 걷고 있다
이어폰을 꽂고
미친 듯한 노래 제목
⟨살고 싶은 갈망Lust for Life⟩*을 듣고 있다
대략 인생이라는 배에서 선장은 우리라고 말하는 노래다
리듬이 내 혈관을 타고 흐른다
주변 세상이 무중력 상태인 것 같다
버스 정류장에 도착해
버스를 기다리는 사람들을 바라본다
피곤하거나 조급해 보이는 얼굴들
인생이 순탄해 보이는 얼굴들
마음이 텅 빈 얼굴들
진정 사람은 보이지 않는 얼굴들을 본다.

하지만 내 마음 깊은 곳에서
우리는 그보다 더 가치 있는 존재라고
우리가 어디서 왔는가는 중요하지 않다고 말하
는 목소리가 울린다

* 미국의 록 가수 이기 팝의 노래

설령 가는 곳을 찾아내더라도
정말로 중요한 건
살아 있음을 느끼고,
나무들, 하늘, 그 밖의 여러 가지
자신을 둘러싼 세상을 바라보고,
우리는 온전히
세상의 일부라는 사실을 느끼며,
잘 정돈된 인생을 보내기 위해서
혹은 다른 무언가가 도착하길 기다리기 위해서
우리가 이 세상에 존재하는 건 아니라는 사실을
깨닫는 것이라고 생각한다
우리가 우리 주변의 아름다움을 두고
아무것도 하지 않는다면
무슨 일이 일어날 수 있단 말인가
아름다움은 아주 가까이 그리고 곳곳에 있다
눈물을 글썽이게 하는 영화의 장면,
반복해 듣는 노래 가사,
밤마다 꾸는 꿈,
눈을 감은 채 춤을 추는 몸,
우리에게 들이닥쳐 우리가 딛고 일어서야 하는
충격,
우리를 뒤흔들고
우리를 살아 있게

끝없이 살아 있게 하는 만남들.

나는
내 안에서 부글거리며
솟구치는 뜨거운 용암처럼
기쁨의 불꽃으로 폭발하는
질문들에 대한 답을 찾고 싶고,
강렬한 이 폭발이
마침내 내 안에서 올라오는 것을 느끼고 싶다
우리가 뜨겁게 불타오르는 것처럼.

## 탁구

금요일 아침, 체육관
탁구 수업, 세 번째 시간
선생님이 우리에게 이기는 전략을 설명하고 있다
나라면 차라리 위험한 상황에 대해 말할 것 같다.

나의 탁구 파트너는 과격한 놈이다
문을 부숴서 내게 경첩을 날리고 싶은 사람마냥
탁구공을 보낸다
놈의 공격을 피하려 최선을 다했지만
실패한다.

"로미오, 내가 춤을 추라고 하진 않았다!"
체육관 반대편에서 선생님이 큰 소리로 외친다
확성기에 대고 소리를 지르는 것처럼
선생님 목소리가 체육관에 저렁저렁 울린다.

나는 춤추는 게 아니라, 피하고 있다.

탁구공 소리가 지옥의 메아리로 울려 퍼진다
높은 벽으로 둘러싸인 체육관은

플라스틱 공들이 탁구대와 벽에 통통 튕기며 내는
거친 충격음으로 가득하다
누군가 머리 위에 기관총을 난사하는 듯하다
"너, 탁구를 치는 거야 아니면 치는 척을 하는 거야?"
나를 파트너로 삼은 덩치가 몰아세운다
늘 나를 짐짝 취급하는 것도
지긋지긋하다.

내가 탁구를 칠 줄 몰라서 그러는 게 아니다
그냥 탁구가 시시하기 때문이다.

조금 짜증이 난 나는 나도 모르게 그만
에이스를 두 개 연속으로 놓았다.

"그것 봐 로미오, 너도 하면 잘하잖아."
경기를 지켜보던 선생님이 말한다.

그때 수업 종이 울린다
우리는 탈의실로 들어간다
남자애들은 근육을 드러내며 옷을 벗고,
폰으로 셀카를 찍는다
그들 중 한 명이 말한다
"다 벗고 있는 쥐스틴의 사진을 갖고 싶어!"

다른 녀석이 대답한다
"꼭 받아낼 수 있어."
그러자 애들이 깔깔 웃는다
나는 못 들은 체한다.

탈의실을 나가려고 채비를 하는데
덩치가 나를 잡아 세워
내 어깨에 턱 손을 얹으며 말한다
　　"탁구 경기 마지막에 힘이 넘치더라."
난 고맙다며, 말을 더듬거린다
뒤이어 그 녀석이 대답한다
　　"다신 그런 일은 없을 거야."

나는 탈의실에서 나온다.

## 여러 차례 마주침

체육관으로 되돌아가는 길에 쥐스틴과 마주친다. 초록색 블라우스를 입은 쥐스틴이 내게 손인사를 살짝 건넨다.

같은 날 저녁, 학교 교문에서 쥐스틴이 차에 타는 모습을 본다. 운전석에 앉아 있는 남자는 아마 쥐스틴의 아버지인 듯하다.

주말, 나는 쥐스틴을 못 봤고, 한두 번 정도 쥐스틴을 생각한다.

월요일, 쥐스틴은 검정 치마에 구멍이 뚫린 스타킹을 신었다. 삼촌 가게에 진열된 앨범 표지 속 펑크 가수 같다. 그날 쥐스틴을 봐서 정말 좋다.

월요일, 과학 교실이 있는 복도에서 쥐스틴은 내게 "안녕"이라고 말한다. 내 답을 기다리진 않는다.

수요일 오후, 시내에서 쥐스틴과 마주친다. 남자애들 무리와 함께 있다. 그들 중에는 사물함의 멍청이들도 있다. 쥐스틴이 나를 알아보지만 나는 웃지 않는다.

그다음 날, 학교 식당에서 쥐스틴이 내가 앉은 식탁으로 와 앉는다. 놀란 내 모습을 보며 쥐스틴이 깔깔 웃음을 터트린다. 우리는 거의 아무 말도 하지 않고 먹기만 한다.

어느 날 아침, 쥐스틴은 'I HATE LOVE'라고 적힌 티셔츠를 입고 있다.

어느 날 저녁, 학교에서 나오는 길에 나는 쥐스틴과 몇 미터 거리를 두고 뒤따라 걷는다. 갑자기 쥐스틴이 뒤를 돌아 나를 향해 말한다. "너 그렇게 보디가드처럼 계속 뒤에서 따라올 거야?" 우리는 대화도 없이 그 길의 끝까지 같이 걷는다.

쥐스틴과 마주치지 않은 날도 며칠 있다.

어느 화요일 정오, 내 사물함 안에 구겨진 종이쪽지가 있다. 힘 있는 글씨체로 이렇게 쓰여 있다. "사는 게 그런 게 아니지 않냐?"

다음 주말, 나는 온종일 쥐스틴을 생각한다.

어느 날 아침, 학교 운동장에서 쥐스틴이 여자애들과 대화를 나누다가 내게 "로미오, 안녕!"이라고 말을 건다. 하지만 나는 그 무리에 끼어들지 않는다.

어느 수요일 오후, 치과에 가는 길에 쥐스틴과 마주친다. 쥐스틴은 나를 보지 못한 듯이 행동한다. 약간 짜증이 난다.

다음 이틀 동안, 쥐스틴의 반은 수학여행을 떠난다. 쥐스틴을 마주치지 못해서 아쉬워하는 나를 발견한다.

다시 쥐스틴을 만난 날, 쥐스틴은 아주 눈에 띄는 립스틱을 발랐다. 그 순간에 나는 쥐스틴이 조금 천해 보인다고 생각한다.

같은 날, 나를 아기 고양이라 부르는 너석과 함께 쥐스틴이 웃고 있는 모습을 본다. 어떻게 쥐스틴이 그런 놈이랑 친구가 될 수 있는지 도통 모르겠다.

그다음 날, 쥐스틴은 켈빈 클라인 파랑색 스웨터를 입고 있다. 회색빛 복도에서 쥐스틴밖에 보이지 않는다.

어느 날 아침, 쥐스틴이 양호실에서 나오는 모습을 본다. 쥐스틴의 눈이 빨개져 있다. 나를 피한다.

몇 시간 후, 계단에서 우리는 서로의 어깨가 닿으며 살짝 스쳐 지나간다. 쥐스틴이 의도한 것 같다는 거의 확실한 느낌을 받는다.

## 사진 속 여자애

사물함 패거리가 과학 교실 앞 복도에 모여 있다
빛도 잘 안 들어오는 후미진 구석에서
누군가를 기다리는 듯한 모양새다
괴롭힐 제물을 찾고 있겠지
거리가 가까워지는 순간
이상하게도 아무도 나를 보지 않는다
놈들은 다른 것에 정신이 팔려 있다
손에 폰을 쥐고
불건전해 보이는 무언가를 보고 있다
나는 꾸물거리지 않고 서둘러 걷는다
아무 일 없이 저들에게서 벗어나기에 이보다 좋은 타이밍은 없다
하지만 한 놈이 기어이 쫓아와 내 가방끈을 붙잡는다
"야, 아기 고양이, 어딜 그렇게 바삐 가?
우리랑 이거나 보자."
어쩔 수 없이 패거리들에게 되돌아간다.
(사실 전혀 강요하지 않았는데,
나도 내가 왜 다시 돌아갔는지 모르겠다)

"봐봐, 좋지 않냐?"

내 눈앞에서 사진을 이리저리 흔든다
반쯤 벗은 여자애의 사진
우리 학교 여학생인 것 같다
나도 어디선가 마주친 적이 있던 아이겠지

“봤지, 우리가 딴 사진이야.”

녀석들은 여러 장의 사진을 옆으로 넘기면서
낄낄 웃음을 터트린다

“여기 사진에 있는 애들, 정말 멍청해, 네가 걔들한테 로맨틱한 말 몇 마디만 하면 네가 요구하는 걸 모두 다 들어준다니까.”

나는 관심 없다고 대답한다
주동자 놈이 내게 말한다

“아기 냥이들은 엄마만 찾지. 저리 꺼져, 어른들 노는 데 얼씬도 하지 마.”

그러고는 나를 복도 쪽으로 밀어낸다
나는 소란을 일으키지 않고 서둘러 그 자리를 떠난다.

사진 속 여자애를 생각한다
자신의 사진들이 온 학교를 떠돌아다니며
모두가 그걸 보고 시시덕거릴 줄은 꿈에도 모를
그 아이는 상처를 받게 될 것이다.

도대체 무엇이 그들을 이렇게 만든 것인지 모르겠다

사회가? TV 광고가? 그도 아니면 그들의 아버지? 친구들?
여자는 중요하지 않은 존재라고 믿도록
남자애들을 선동하는 건 무엇일까?

모든 게 역겹고
가슴속이 분노로 가득 찬다
나는 어느 여자, 어느 남자에게도
이렇게 조롱하려는 목적으로
다 벗은 모습을 보여달라는 요구를
절대 하지 않을 것이다.

우리가 서로 바라고 원했을 때
다 벗은 모습보다
더 아름다운 건 아무것도 없기 때문이다
카메라 필터 없이, 솔직하게
'갈망'하는 누군가에게
자기 자신을 온전히 내보이는 것은 선물 같은 일이다.

사실 나는 '갈망'이라는 단어를 정말 좋아하지 않는다
나는 로맨틱한 사람이 되어야 한다
내 이름은 로미오이고
내게 사랑은 게임이 아니기 때문에 더욱 그렇다.

## 내 이어폰에서

수업이 끝나고 버스를 기다린다
하지만 학교 앞 정거장은 아니다
나는 다른 애들과 버스를 기다리는 걸 좋아하지 않고
한 정거장 전으로 가는 걸 선호한다
조용하기 때문이다
날씨가 약간 추워
비니를 쓰고 음악을 듣는다
요즘 나온 그룹의 노래다
버스는 제시간에 곧 도착한다
갑자기 누군가가 내 오른쪽 귀에 꽂힌 이어폰을 잡아 채
자신의 귀에 꽂는다
눈 깜짝할 사이에 일어난 일이다
돌아보니 그 아이다
쥐스틴,
로또에 당첨된 사람마냥 환하게 웃으며
입술 위에 손가락을 하나 올려
명령을 내리듯, 쉿!
쥐스틴은 아무 말도 하지 않는다
나 또한 아무 말도 하지 않는다
쥐스틴이 음악을 듣고 흥얼거리기 시작한다.

"이 노래 정말 좋다, 이거 네 얘기인 거 너도 알고 있었어? 이 여자가 부르는 가사를 들어봐. '꽃 한 송이, 로미오 네 마음속 한 여자'* 이것 봐, 그런데 너는 사랑에 빠지지 않은 것 같은데?"

나는 다소 어안이 벙벙한 얼굴로 쥐스틴을 쳐다본다
쥐스틴에게는 모든 일이 너무 간단하다
누군가에게 다가가고,
만지고, 말을 거는 일 모두…….

"야, 나랑 말 안 할 거야? 비밀이야?"
"아니, 아니야, 대답할게, 난 사랑에 빠지지 않았어."

어쨌든, 그건 사실이다
나는 사랑에 빠지지 않았다
사랑에 빠지는 게 뭔지
언제 사랑에 빠지는지 아직은 모른다
그러니깐, 잘 모른다고 생각한다
우리는 서로 말을 하지 않은 채 음악을 듣는다
쥐스틴의 귀에서 내 귀로 이어진
이 선을 통해 연결된 우리 둘,

* 프랑스의 가수 비디오클럽의 노래 〈플라스틱 사랑Amour plastique〉의 한 구절

우리 둘 사이에는 오직 음악만 있을 뿐이다.

"저기, 버스 온다." 쥐스틴이 한쪽 이어폰을 내게 건네며 말한다
"너는 저 버스 안 타?" 용기를 내서 내가 묻는다
"안 타, 약속이 있어. 그냥 너랑 얘기하고 싶었어, 그럼 잘 가."

그리고 쥐스틴은 아까 내게 왔을 때처럼 스르륵 다시 떠난다.

나는 버스에 오른다
버스가 움직이기 시작하며 속도를 올리고, 쥐스틴은 저 멀리 작은 점이 된다.

한 번 더
나는 멀어져가는,
내 시야에서
내 현실에서 사라지는 쥐스틴을 바라본다.

## 부모님

부모님은 내가 태어나기 몇 해 전에 결혼했다
2년 아니면 3년 전쯤
우리는 그런 이야기를 나누지 않는다
이건 분명한 사실이자 하나의 데이터, 보통의 일상이다.

어린 시절 나는 이런 질문을 자주 했다
엄마랑 아빠는 서로 좋아해?
엄마랑 아빠는 어떻게 만났어?
아이를 많이 낳고 싶어?

그러면 아빠는 자리에서 일어나 부엌에서 나가버렸다.

엄마는 내게 이렇게 대답했다
재미없어
다 옛날 일이야
그게 너랑 무슨 상관인데?

사랑에 대해 이야기를 나누지 않는 가족
우리 가족은 이 세상에 사랑이 존재하지 않는 것처럼 행동한다.

## 둘이서 걷는 걸음

다음 날 아침, 일어나보니
부모님은 벌써 출근하셨다
이 집에서 우리 가족은
서로 만나지 않겠다는 불문율이 있는 것 같다.

후다닥 아침을 먹는다
그다지 학교에 가고 싶지 않아
나는 일찍 채비하지 않는다
여느 때와 다른 아침들
모두 내던지고 싶은 아침들이 있다.

집에서 나가야 하는 시간보다 늦는 바람에
나는 허겁지겁 가방, 비니, 열쇠를 집고
다 먹지 못한 잼 바른 빵을 손에 든 채, 달린다
버스가 코앞에서 지나간다
젠장, 지각이다
오늘 하루가 시작부터 엉망진창인 느낌이다
그런데
뒤에서 노래를 흥얼거리는 소리가 들린다
"꽃 한 송이, 로미오 네 마음속 한 여자."

쥐스틴이다
우아한 모습으로,
올림머리를 했는데,
머리 위에 놓인 짙은 머리카락 뭉치가
쥐스틴의 아주 가는 목을 드러나게 하고 아주 푸른 눈을
빛나게 한다
금색 벨벳 조끼를 입은 쥐스틴은
반짝반짝 빛이 나서 못 보고 지나칠 수 없다.

쥐스틴도 지각이다
하지만 영 신경 쓰지 않는 눈치다
발걸음을 재촉하지 않고
여유까지 부린다

> "한 시간 동안 교실 밖에 서 있는 벌을 받게 될 거야"라고 내가 말한다
> "괜찮아, 같이 벌서자." 그 아이가 대답한다.

둘이서 길을 걷는다
쥐스틴은 전날 본 영화에 대해 내게 말한다
록을 하고 싶은 러시아 밴드의 이야기
흑백 영화라고 한다, 아름다울 것 같다
그 영화를 보고 싶은 마음이 든다
우리 둘은 서로 통하는 데가 꽤 있다

나는 쥐스틴과 나 사이가 가까워졌다는 것을 느끼고
그런 감정을 뭐라고 불러야 할지 몰라
혼란스럽다.

학교에 15분 정도 늦게 도착한 우리는
지각증을 찾으러 학교 생활지도실에 들른다
하지만 웬일인지 한 시간 벌서기를 면제받는다
나는 실망한 내 속마음을 털어놓지 않는다
쥐스틴과 함께 한 시간을 같이 보내면 정말 좋았을 텐데,
한 시간을 온전히 함께 있으면서
거의 허물없는 사이가 되었을 텐데 말이다.

우린 각자 가야 할 방향의 복도로 발걸음을 돌려,
자신의 이야기를 향해 앞으로 걷는다.

## 전기

나는 너의 긴 몸이 학교 복도를 성큼성큼 걷는 모습을 보는 게 좋아. 발이 땅에 닿지 않는 것처럼 걷는 너. 아니면 날아다니는 네 모습을 나 혼자 상상하는 것일지도. 참새 소녀. 너의 맑은 두 눈 위 네 앞머리. 길게 풀어놓은 네 머리카락. 가냘픈 네 두 팔. 너는 멀리서도 단번에 시선을 사로잡는 그런 사람이야. 네가 시야에 들어올 때 그 순간, 주변이 멈춘 듯하고 사물들은 사라지고 시간도 흐르지 않아. 너는 돌고 있는 지구를 멈추게 하는 힘을 가진 그런 아이야. 나와 같은 반은 아니지만 새 학기가 시작할 때부터 너를 봐왔어. 월요일 아침 우리는 같은 버스를 탔어. 서로 마주친 적은 한 번도 없지만 우린 같은 동네에 살고 있어. 학교 가는 길에 나는 너를 봤어. 너는 황금 번개가 그려진 흰 티셔츠를 입었어. 네 안의 모든 것을 전기로 충전 중이었지. 내가 너를 어루만지면 내 몸이 방전되는 그런 상상을 했어. 적어도 천 볼트면 나를 쓰러트리기에 충분해. 그런 일이 일어나더라도 나는 화내지 않을 거야. 그날 아침 나는 네게 다가가지 않았어. 나는 너를 보는 것만으로도 만족했어. 함부로 접근할 수 없는 희귀 새, 이제까지 볼 수 없던 깃털을 가진 무척이나 아름다운 새를 보듯이 네 주위로 모여든 아이들의 바쁜 움직임도 봤어. 너와 친구가 되길 바라는 여자애들, 네 입술을 훔치고 싶어 하는 남자애들. 그 애들이 촘촘하게 붙어 네 주변을 돌아다니고, 혼란스런 무리 위로 네가 날아오르는 것을 나는 봤어. 너는 어느 누구에게도 가까이 다가가지 않았고, 어디에서도 편히 있지 못하는 듯이 빙빙 돌고 있었어. 나는 그렇게 너의 자유로운 모습을 보는 게 좋았어. 네가 내게 말을 걸기 전까지 나는 너의 이름조차 모르고 있었어. 그런 건 내게 중요하지 않았어. 그러던 어느 날 네가 다가왔어. 조금 거칠게, 조금 더 가까이. 나는 거부하지 않았어. 너도 나처럼 외로운 동물이라고 생각했거든. 그렇게 생각하는 편이 내 마음이 편했어.

그리고 오늘 아침
내가 너를 다시 본 그날
사물함 패거리의 대장이 너의 손을 잡고 있더라.

## 삼촌

점심시간이다
가게에 손님이 한 명밖에 없다
손님은 덤덤하게 음반을 훑는다.

삼촌이 내게 말한다
        "금방 나갈 것처럼 안 보이지?"
나는 어깨를 으쓱한다
        "학교에서 무슨 일 있었어?"
"아니"라고 내가 대답한다
        "그럼, 엄마 아빠하고?"
"특별한 게 없어."
        "그게 무슨 말이야?"
"잘 모르겠어, 그 여자애를."

삼촌의 얼굴에 미소가 스친다
"삼촌이 생각하는 그런 거 아니야"라고 내가 말한다
        "그럼 뭔데?"
"그냥, 그런 놈들한테 대체 무슨 매력이 있는 건지 모르겠어."
        "어떤 놈들?"

"여자애들을 물건처럼 말하는 놈들."

"우리 조카, 여전하구나."

"뭐가?"

"여전히 멍청한 놈들을 찾는 거."

"참 좋은 조언해주시네요, 삼촌."

"나는 그냥 늙은이일 뿐이고, 내 곁에는 여자도 없어. 내 사랑도 다 실패한 마당에 내가 너한테 좋은 조언을 해줄 거라고, 진심 그렇게 생각하는 거야?"

"적어도 삼촌은 좋은 음악을 듣잖아."

"음악은 걱정거리를 잊게 해주지, 고민을 해결해주진 않아."

손님이 삼촌에게 묻는다
비욘세 음반이 있는지,
〈미치광이 사랑 Crazy in love〉이라니
또 실망스러운 손님이군.

## 작은 게시물들

드럼 수업과 맞교환할 영어 수업을 구합니다.
제가 연주하는 노래들의 가사를 이해하지
못하는 일도 이제 지긋지긋하네요.

기타리스트를 찾습니다.
연주 장르:
헤비메탈/블랙메탈/그라인드코어/고딕메탈
나이가 어린 기타리스트는 지원하지 말아주세요.

켈트 음악 그룹을 만들기 위해서
하프 연주자가 바이올린 연주자를 구합니다.
아일랜드 문화를 잘 알고 있는 사람이라면
더 좋아요.

검은색 스웨터를 입고 파란색 털모자를 쓴 너는
아직도 연락이 없네.
고민하지 말고 사장님께 내 번호 물어봐줘.

## 괴로움을 질질 끌며

나는 사랑에 빠진 사람이 아니다
나를 괴롭히는 건 그게 아니다
정말 그런 게 아니다.

나는 쥐스틴을 생각했다
쥐스틴,
요령 따윈 필요 없을 정도로
나와 같은 그 아이.

그런데 그놈은 말도 안 되는 일이다
쥐스틴은 왜 하필 패거리 멤버 중
최악을 고른 걸까?

쥐스틴과 내가 친구라면 정말 좋았을 텐데
나보다 더 센 그놈이랑 어울리는 쥐스틴의 모습은
정말이지 실망스럽다.

여자애들은 멍청이들을 좋아하는 것 같다
우쭐해하며 걷는 멍청이들
자신의 깃털을 활짝 펼치고,

달콤한 말을 속삭이고,
여자 친구를 '베이비'라고 부르는 멍청이들.

쥐스틴은 그런 식으로 불릴 여자애가 아니다
말도 안 되는 일이다
쥐스틴은 사람들이 그렇게 부르지 않는 여자아이이다
그보다 훨씬 더 가치 있는 존재다.

나는 내 괴로움을
질질 끌며
복도를 걷는다
그곳에서 쥐스틴이 내게 미소를 짓는다
쥐스틴은 내가 자신을 생각하는 줄도
모르는 것 같다
그 아이의 머릿속에는 내가 없다.

## 마음이 죽은 사람들

집에 들어가니 거실에
아빠가 있다
우리는 단둘이 있는 상황이
익숙하지 않다
서로 얘깃거리를 찾지 못하고
빙빙 돌고 있다
"오늘 어땠어?" 아빠가 묻는다
"그저 그랬어"라고 내가 답한다
"또 무슨 일인데?" 아빠가 볼멘소리를 낸다
"학교" 나는 중얼거린다
"아, 그래" 하며 아빠는 대화를 끝맺는다.

우리의 대화를 요약하자면 늘 이런 식이다.

아빠는 텔레비전을 켠다
집에 들어오면 제일 먼저 하는 행동이다
소파에 몸을 박고
제대로 보지도 않는 채널들을 돌린다
아빠는 스포츠 아니면 좋아하는 요리가 나오는

채널을 조금 더 오래 보고 있다
요리를 한 적도 없으면서.

이것도 내가 이해할 수 없는 부분이다
왜 대부분의 남자는 요리를 하지 않을까
그들은 아내, 엄마나 딸에게
매일 식사를 맡긴다
아빠는 손재주가 좋고,
자신의 두 손을 사용할 수 있으며,
리모컨을 작동할 줄 안다
아마도 더 복잡한 문제인 것 같다
게다가 엄마는 자신이 요리를 도맡아 하는 상황을
받아들이기 때문에
아빠는 정말 달라질 마음이 없다.

나는 먹을거리를 준비하는 걸 좋아한다
특히 혼자 있을 때 요리를 한다
내가 간을 충분히 하지 않거나
자신이 원하는 대로 안 한다는 이유로
엄마가 매번 버럭 화를 내는 탓에
나는 반쯤 포기한 상태로
그냥 내가 먹을 음식만 만든다
가끔씩.

나는 거실 문 쪽에서 아빠를 쳐다본다
어떤 사람이 청소기의 장점을 나열하며 칭찬하는
프로그램에 사로잡혀 있다
아빠는 당연히 절대 쓰지 않을 물건인데도
텔레비전 화면에서 눈을 떼지 않고 있다.

소파에 파묻힌 아빠
말없이 먹고 자는 아빠
매일, 같은 일상을 보내는 아빠
완전히 축소된 일상
완전히 조그만 일상
난 꿈꾸지 않는 일상
아빠처럼 되느니 죽는 게 낫다.

때마침 은행에서 퇴근한 엄마가 집으로 들어온다
엄마와 두 눈이 마주치자
우박이 세차게 내리치듯
곧바로 질문 세례가 내게 쏟아진다
내가 상황을 더 복잡하게 만들었다
형편없는 수학 성적을
별일 아니라고 말하자
"수학만 그런 게 아니잖아!"라고 엄마가 받아친다
엄마의 두 눈이 천장을 향한다

꼭 천장에서 해결책이라도 떨어질 것처럼.

내 모든 이야기를 털어놓을 수 있는
부모님이라면 얼마나 좋을까
TV 드라마에서 가끔 볼 수 있는
서로에게 관심을 주고받는 부모처럼.

나는 운이 나쁜 것 같다.

부모님은 나쁜 사람이 아닌,
그저 마음이 죽어 있는 사람들이다
이렇게 인정해버리는 건 끔찍하지만
부모님 곁에 있으면 어떻게 지내야 할지 막막하다.

**폭발**

그날 밤, 내 방
어디에 있어야 할지 모르겠다
너무 작은 침대에,
잡동사니로 가득한 책상,
창문을 활짝 연다
숨이 막힌다
너무나도 숨이 막힌다
갑자기
모든 것이 분명해진 것 같다
내 안에서 일어난 폭발처럼.

이제 이곳에서 할 게 아무것도 없다.

여행 가방을 집어
그 안에 이것저것 쑤셔 넣는다
여벌의 옷,
내가 모아둔 돈,
이어폰,
여권,
칫솔,

샐린저의
《호밀밭의 파수꾼》.

내 주변을 둘러본다
스캔하듯 방 안을 싹 훑는다
두 눈이 베이스 기타 앞에서 딱 멈춘다
하지만 나는 그걸 가져갈 수 없다
자리만 차지하게 될 것이다.

나는 베이스 기타를 포기하고
어두운 밤이 내려앉은 고요함 속에서
집이 잠들고 나의 존재가 잊히기를
나의 거친 심장박동이 조금씩 잦아들기를 기다린다
이제 내가 여기서 떠날 것이라는 걸 내 심장만은 분명히
알고 있다.

## 새벽 어느 기차역

새벽 5시 30분
부모님은 아직 주무시고,
나는 조용히 집을 나온다
아직 아침은 오지 않았지만
조금씩 환해지는 푸른빛 너머로 분홍빛이 보인다
가방을 메고
주머니에 손을 넣은 채로
성큼성큼
TER*기차역을 향해 걷는다
거기서 나는 파리로 갈 것이다
그런 다음 유로스타 티켓을 끊을 것이다
목적지는 바로 런던,
영어에 능숙하니
알바 자리 하나쯤은 찾을 수 있을 것이다
어쩌면 음반 매장에서 일하게 될지도,
그건 모르는 일이다
아무튼, 그곳 사람들은 나를 건드리지 않을 것이다.

* 프랑스 광역철도

역에는 사람이 많지 않다
일하러 떠나는 사람들,
청소 미화원, 식당의 잔일처럼
이른 오전에 일하는 직업을 가진 사람들이다
아는 사람은 아무도 없다
기차는 10분 후에 도착한다
나는 벤치에 앉아 있다.

그때 나는 그 아이를 본다
쟤가 저기서 뭐 하고 있는 건지 모르겠다
이제 막 새벽 6시가 되었는데
쥐스틴이 저기 있다
쥐스틴도 나를 봤다, 그 아이가 나를 보고 있다,
나를 향해 아무런 제스처도 없이
뚫어지게 쳐다보기만 한다
내 피부,
두 손,
내 가방에 쏠리는 쥐스틴의 시선이 느껴진다
쥐스틴은 감을 잡았다
내가 타는 곳의 반대쪽,
바로 건너편에서
벽에 기대어,
쥐스틴이 내게서 시선을 떼지 않고 있다.

기찻길이 우리 사이를 멀찌감치 떨어뜨린다
곧 기차가 도착한다는 방송이 나오고
기차 소리도 점점 가까워진다
날카로운 마찰음을 내며 기차가 플랫폼에 멈추자
사람들이 올라탄다.

기차가 다시 출발할 때에도
나는 다리 위에 가방을 올려놓고
벤치에 앉아 있다
하지만 텅 빈 건너편,
쥐스틴은 증발해버렸다.

## 우유부단

집으로 돌아오니 8시쯤 되었다, 나는 길 위에서 미적거리며, 창문으로 불빛이 하나둘씩 켜지는 동네를 걸었다, 좌우가 똑같은 동네 가로수 길을 성큼성큼 걸으며 왔다 갔다 하는 사람들, 주차장에서 차를 빼는 사람들, 가방을 멘 아이들이 자동차 뒷좌석에 올라타 안전벨트를 메는 모습을 바라봤다.

집으로 돌아오니 8시쯤 되었다, 부모님은 출근하셨다, 식탁 위에 놓인 아침 식사는 치워지지 않았고, 라디오도 켜져 있다, 내 방문은 굳게 닫혀 부모님은 내가 침대에 없었다는 사실조차 몰랐고, 심지어 내가 집을 나와 도망쳤다는 것도 눈치채지 못했다, 부모님은 아무런 걱정이 없었다, 나에 대한 걱정도, 세상에 대한 걱정도, 내가 거기에 있든 없든 부모님은 그 사실조차 알아차리지 못했다.

집으로 돌아오니 8시쯤 되었다, 방바닥에 가방을 내려놓는다, 베이스 기타는 제자리에 그대로였다, 내 인생도 마찬가지다, 물건마다 같은 자리, 움직이지 않고, 그대로, 나 역시 똑같다, 나는 떠나지 않았다, 출발점으로 되돌아왔다, 대범하지 않았고, 겁쟁이였으며, 용기가 없었다, 나는 끝까지 가보지도 못하고 되돌아왔다, 무엇을 결정해야 했는지 알지 못한 채로.

집으로 돌아오니 8시쯤 되었다, 내 침대, 내 책상을 다시 만나니 울고 싶어져 눈이 따끔거린다, 가방을 비운다, 여권, 칫솔, 샐린저의 소설, 나의 꿈들, 나의 감정들을 방 한구석에 넣어 정리하고, 가방을 옷장 위 원래 자리에 다시 올려둔다, 거울 속에 비치는 내 모습과 마주한다, 나는 늘 똑같다, 아무것도 모르는 나, 중요하지 않은 나, 존재하지 않고 여기에 있는 나.

집에 돌아오니 8시쯤 되었다, 학교 갈 채비를 한다, 수업은 9시에 시작된다, 지각도 안 하는 시간, 부엌에서 잼을 바른 빵 한 조각을 먹은 후 식탁을 정리하고 지저분한 그릇들을 싱크대로 옮겨놓는다, 나는 목적지를 학교로 돌린다, 그리고 내 삶도 계속 이어질 것이다, 어느 것도 바뀌지 않았다.

———

## 미술관 견학

미술 선생님과 함께
우리는 가끔씩 미술관에 가서
전시를 보고, 크로키를 하고, 데생을 그린다.

오늘은 선생님이 두 반을 데리고 수업한다
우연인지 아닌지, 쥐스틴이 저기에 있다
쥐스틴은 나와 같은 선택과목을 골랐다.

버스에서 쥐스틴이 내 옆자리에 앉는다
게다가 나를 보고 놀란 것 같지도 않다
나는 여기서 수백 킬로미터 떨어진 곳에 있어야 했는데도
말이다
쥐스틴은 그 일에 대해 아무 말이 없고,
아예 문제도 아니라는 듯이 행동한다
그러기는커녕 쥐스틴은 내게 이렇게 말한다
　"네가 예술가인 줄은 몰랐네."
나는 대답한다
　"내가 그런 면이 있는 줄은 나도 몰랐네."
쥐스틴이 웃으며 말한다
　"나는 그다지 재능이 있는 건 아닌데, 예술을 좋아해.

다르게 생각하고 다른 사람들이 알아채지 못한 아름다움을 발견하는 사람들을 좋아해. 그래서 내가 너를 좋아하나봐. 로미오, 너는 남들과 달라 보여. 그리고 이 선택과목을 들으면 일주일에 세 시간 정도 우리 반 멍청이들하고 떨어져 있을 수 있잖아. 세 시간이라도 떨어져 있는 게 어디야."

쥐스틴의 말에 나는 참지 못하고 한마디 보탠다

"그런데 요즘 보면 너는 그 멍청이들 중 한 명이랑 항상 같이 있는 것 같던데."

쥐스틴이 나를 날카롭게 쏘아본다.

"네가 뭘 생각하는지 알아. 가끔은 그런 거야, 마음은 이해하지 못하는데 몸이 따르는 사정이 있어. 이 주제로 더 얘기하고 싶어?"

"아니, 난 할 말 없어."

"할 말은 없고 생각할 건 있겠지. 로미오, 날 잘 알지 못하면서 판단하지 마. 우리 서로 잘 모르잖아. 아직."

그 말이 끝나자마자
버스가 우리를 미술관 앞에 내려놓는다
쥐스틴이 앞으로 뛰어간다
머리카락이 어깨에서 춤을 춘다

---

나는 쥐스틴의 뒤에서 몇 걸음 떨어져 걷는다
나는 나랑 관련도 없는 일에 끼어드는
멍청한 놈이다.

몇 걸음 앞서가던 쥐스틴이 나를 향해 몸을 돌린다

"우리 친구하자, 로미오, 너하고 나는 비슷해. 서로 모든 걸 다 말할 수 있어. 가장 좋은 일이든 나쁜 일이든 모두 다. 우리 사이에 비밀은 없어. 너도 오케이?"

나는 대답하지 않는다, 뭐라고 말해야 할지 모르겠다.

쥐스틴은 무슨 협정에 도장을 찍듯이 내 손을 꼭 잡는다
나를 보며 웃는다
그냥 이렇게
쥐스틴은 나를 친구로 선택한다
우리가 여전히
쉬는 시간 운동장에서
모든 걸 뚝딱 만들며 놀던 어린아이들인 것마냥.

우리는 친구가 될 것 같다
좋은 친구가 될 것 같다.

## 우정의 시작

여기
조각상이 있다
선생님은 우리에게
조각상의 크로키를 그려보라고 하셨다
여자의 얼굴이다
우리는 둥글게 바닥에 앉아서,
각자 크로키북을 꺼낸다.

쥐스틴은 눈부터 그리기 시작한다
윤곽을 그린 다음 눈썹을 쓱쓱 스케치한다
쥐스틴은 섬세하고 주의 깊다.

나는 머리부터 그리는 걸 좋아한다
머리 타래의 둥그스름한 부분을 강조하고
연필로 어두운 부분을 진하게 칠한다.

쥐스틴은 입을 그린다
윗입술과 아랫입술의 선을 긋고
입꼬리를 그린다.

---

나는 얼굴 광대뼈를 그려낸다
높고, 둥글고, 진한 광대
얼굴이 사람의 형태가 되어간다.

쉬는 시간,
쥐스틴이 내 그림을 보려고 내 쪽으로 몸을 기울인다
그리고 자신의 그림을 내게 보여준다.

"우리 둘 그림을 합치면 완벽할 것 같아."
쥐스틴이 내게 귓속말을 한다
"그림 그릴 땐 우리 항상 같이 그려야겠어."

우리는 서로 쳐다보고
서로를 향해 웃는다.

딱 이 순간의 행복
하얀 도화지 위로 기울어진
쥐스틴의 몸이 내 몸을 살짝 스치는 순간
그 아이의 눈빛, 향수
종이 위의 여러 표정이 움직이는 소리.

갑자기
아무도 모르게

쥐스틴은

우리 사이

우정의 시작을

부드럽게 스케치하기로

마음먹었던 것 같다.

## 그날 밤 내 방에서

밤 9시 50분
내 방에서 방문을 닫고
수학 숙제를 하고 있다
내일 제출해야 하는데
아무것도 하지 않았다
솔직히 약간 어떻게 되든 관심 없다
지금은 쥐스틴이 내게 보낸 문자를 읽는 게 더 좋다.

침대에 누워
모든 불을 다 끄니
핸드폰 화면의 푸르스름한 불빛만이
방을 비춘다
내 두 눈에
쥐스틴의 문자가 왔다 갔다 한다
거의 아무 의미 없는 문자들
내가 정말 좋아하는 문자들.

21시 53분: 뭐 해?

21시 54분: 수학 숙제하는 척하고,

사실 베이스 기타 연습 중.

21시 55분: 오, 베이스 기타 연주해? 정말 멋지다! 우리 부모님은 내가 바이올린 연주하는 걸 무척 바라셨어, 그래서 콩세르바투아르*에서 바이올린을 5년 했어. 끔찍했어. 나는 완전 손을 뗐고, 우리 가족의 짐을 덜어냈지. 밴드에서 연주해?

21시 58분: 아니, 아직 밴드를 못 찾았어. 그리고 밴드에 들어갈 정도로 내 실력이 충분히 좋은지도 모르겠고.

21시 59분: 진심 밴드에 들어가! 네가 공연하면 난 보러 갈 거야, 멋질 것 같아.

22시 00분: 모르겠어. 아마 내가 마음을 먹는다면, 두고 봐야겠지…… 넌 뭐 해?

22시 01분: 페미니즘 관련 다큐멘터리 보는 중.

* 음악 교육을 전문으로 하는 예술학교의 통칭

22시 02분: 재밌어? 너 페미니스트야?

22시 03분: 무슨 질문이 그래! 물론 나는 페미니스트지, 넌 아니야?

22시 05분: 나는 내가 페미니스트라고 생각해. 그런데 난 남자애니까, 여자애들이 보기에 스스로 페미니스트라고 말하는 남자애는 좀 수상쩍겠지.

22시 07분: 왜 수상해?
남자애가 의외로 그런 입장이라고 말하면 나는
오히려 좋아 보이던데.

22시 09분: 보통 나는 불평등한 것들을 안 좋아해.

22시 10분: 너는 다른 남자애들과 달라.

22시 11분: 다른 남자애들은 자주 안 만나거든.

22시 12분: 넌 여자애들하고도 잘 안 놀잖아.
여자 친구 있어?

22시 13분: 아니.

22시 14분: 여자 친구 사귀는 데 관심 없어?

22시 15분: 잘 모르겠어.

22시 16분: 그럼 관심사가 뭐야?

22시 18분: 정신적인 부분. 음악이랑 여행. 어떨 땐 시도 좋고. 피자, 인디 영화. 여기서 떠나고 싶은 마음. 약간 이런 것들이야. 그리고 너, 너한테 관심이 있어.

22시 20분: 어머, 고마워라. 그런데 왜?

22시 21분: 너는 나만큼이나 행복해 보이거든.

22시 23분: 하하하! 딱 그거야. 행복하고 발랄한 모습이지, 그게 딱 나야!

22시 24분: 알고 있었어!

22시 25분: 우리 같이 콘서트 보러 갈래?

---

목요일 저녁에 소규모 그룹 공연 티켓 두 장이 있어. 삼촌이 줬어.

22시 28분: 엄마랑 얘기해보고 연락할게. 근데 난 좋아, 재밌을 것 같아. 내일 학교 쉬는 시간에 볼까?

22시 30분: 좋아, 그럼 내일 보자.

22시 32분: 네 사물함 근처에서 보자. 잘 자!

## 바람맞은 약속

오전 10시, 쉬는 시간에 나는 쥐스틴을 기다렸다
내 사물함 근처에서 20분
대화를 나눌 쥐스틴도 없이
혼자서 20분은 긴 시간이다.

쥐스틴은 오지 않았다.

식당에도
참새 소녀는 없었다
흔적도 없다
대신에 화재 경보가 울린다
우리는 식판을 두고
음식을 다 먹지 못한 상태로
갑자기 식당에서 나왔다.

쥐스틴은 나타나지 않았다.

오후 3시 30분, 쉬는 시간에 쥐스틴을 기다렸다
내 사물함 근처에서
쥐스틴의 사물함 근처에서

나 자신이 약간 바보 같았다
책을 읽는 척을 하면서
그 아이가 오는지 기웃거렸다.

여전히 머리카락 한 올도 보이지 않았다.

오후 5시, 학교에서 나왔다
여닫이문을 몇 개 지나고
계단을 내려가
운동장을 가로질러
교문을 지나왔다.

바로 거기에 쥐스틴이
낮은 담장에 기대 서 있었다.

그 녀석이 쥐스틴의 허리를 끌어안고
서로 입맞추고 있었다.

나는 뒤엉킨 둘의 혀를 상상했고
역겨웠다.

나는 집으로 갔다.

## 나 자신이 싫다

아마도 그런 것 같다
여자애들, 남자애들
인생, 갈망하는 것들
여러 약속, 바라는 것들
결코 직선 도로를 달리지 않는다
경로에서 벗어나고
갑작스런 탈선이 일어나고
도랑으로 빠져버린다
어쩌면
내가 잘못 행동한 것 같다
나는 갈피를 못 잡고 있다
내게는 암호도 없고
열쇠도 없는 것 같다
어쩌면 그런 것 같다
여러 감정이
오고 가며
우리 사이를 벌려놓는다
결코 직선 도로를 달리지 않는다.

어쩌면

아무 결정도 못 내린 채
그저 그렇게
주변을 빙빙 맴돌지 않고도
내가 원하는 게 무엇인지
알 수 있을 것도 같다.

나 자신이 싫은
그런 날들이 있다
나 자신이 싫다.

## 두 번 접은 쪽지

다음 날 아침
내 사물함 틈에 끼워 넣은
쪽지가 있다
두 번 접힌 네모난 쪽지에
휘갈겨 쓴
문장이 몇 줄 적혀 있다.

목요일 약속 아직 유효한 거지?
부모님이 허락하셨어.
어디서 만날까? 정해줄래? 굉장할 것 같아.
쥐스틴

## 콘서트

작은 공연장이 미어터진다
독일 베를린에서 온 네 명의 멤버가
무대에 올라와
일렉트로닉 음악을 연주한다
관객 사이로
남자들과 키스를 하는
　　　남자들과 키스를 하는
　　　　　　여자들과 키스를 하는
　　　　　　　　　여자들이 있다.

그들은 나보다 나이가 조금 더 많다
더 자유분방하고 조금 정신이 나간 듯해 보인다.

쥐스틴은 두 팔을 위로 올려 춤을 춘다
손목에 찬 팔찌가
　　　쥐스틴의 뜨거운 관자놀이 위로 반사되는
　　　미러볼의 소용돌이치는 불빛 속에서
　　　반짝반짝 빛난다
모두 춤을 추고 몸을 흔들며 노래를 부른다
젊은 여자들과 남자들이 모인 대규모 종교 집단 같다.

나는 사람들의 얼굴을 보고
사람들의 몸을 본다
무대를 휘젓는 폭풍 같다.

나는 사람들의 얼굴을 바라본다
그리고 심장을 바라본다
큰불이 일어난 듯, 열 폭탄이 터진 것 같다.

춤추는 무대 위에서
세상은 존재하지 않는다
오늘 밤은
쥐스틴과 나, 단둘만 있다.

점점 커지는 기타 소리
당김음을 구사하는 신시사이저
살짝살짝 서로 스치는 피부
여자와 남자
긴 머리 짧은 머리.

오늘 밤 땀 흘리는 공연장에서
내가 누구인지 이제는 정말 모르겠다
어떤 사람이 되고 싶은지도 모르겠다
노래를 들으니 기분이 좋다

———

밤을 가리는 쥐스틴의 미소를
나는 바라본다.

딱 이 순간에 중요한 단 한 가지를
나는 알고 있다
함께 있고
같은 감정을 느끼고
같은 감각을 원하는 것이다
흐르는 음악에 춤추고
자신들의 미래 위에서 춤추고
눈을 감은 채 춤추고
두 팔을 번쩍 올려 춤추고,
우리에게는
아무것도 남지 않았다고
소리지르는,
여자와 남자라는 것 말고는
우리가 동질감을 느낄 것은 하나도 없기 때문이다.

여기 그리고 지금 이곳에서는.

## 바에서

춤을 추니 갈증이 난다
사람들이 바 카운터에 몰린다
이곳에선 아무도 우리 나이를 묻지 않는다.

쥐스틴은 맥주를 주문하고
나도 같은 술을 주문한다.

아치형 지하실 안에 있으니 더워 죽을 것 같다
나는 쥐스틴 어깨의
벨벳처럼 부드러운 피부 위로
송글송글 맺힌 땀방울을 바라본다
내 목덜미에도 땀이 흥건하다
지금은 한겨울인데도
7월의 뜨거운 태양 아래 있는 것만 같다.

어떤 놈이 우리에게 다가와 수상한 알약을 권한다
나는 거절한다
쥐스틴은 나를 쳐다보더니 내게 말한다
"우리 한번 먹어볼까?"
하지만 나는 먹고 싶지 않다

쥐스틴은 알약을 집어
혀 안으로 깊숙이 넣는다
“사랑의 마약이래”라고 내게 말한다
어떻게 해야 할지 몰라 나는 미소를 짓는다
쥐스틴을 위해서도 나를 위해서도 그런 건 하고 싶지 않다
그리고 나는 내가 쥐스틴이 어떤 아이인지 잘 모르고 있다는 사실을 깨닫는다

쥐스틴이 품고 있는 두려움도, 바람도
쥐스틴이 느끼는 즐거움도, 기쁨도 모른다.

우리는 지하 공연장으로 되돌아가
군중 사이로 뒤섞인다
얇은 천 아래로
허리, 배꼽, 겨드랑이, 맨팔이 보이고
색색의 맨살이 위험하지 않게 슬쩍슬쩍 스치는 사람들 사이로 뒤섞인다.

짧은 머리의 여자가 내 몸을 맞대고 춤춘다
그녀가 나를 쳐다보며 미소를 건네고, 나도 그녀를 향해 미소를 짓는다
그녀가 내 목덜미를 잡고 내게 말한다, “하고 싶어?”
대답할 틈도 없이 그녀가 내게 키스를 한다
놀란 나는 가만히 있었고, 10초의 시간이 흐른다

솔직히 기분이 나쁘지 않았다
그런데 그녀는 벌써 나 말고 다른 사람을 향해 몸을 돌린다.

쥐스틴이 그 광경을 지켜봤다
내게 윙크를 하며 외친다
"로미오, 우리도 하자."

쥐스틴이 내게 키스를 한다
좀 전보다 더 오랫동안
쥐스틴의 부드럽고 뜨거운 입술이
내 입술에 세게 부딪힌다
마지막 노래가 시작하는 사이에
그 아이의 혀가 내 입천장에 맞닿아 소용돌이친다
베를린 그룹이 내 가슴을 폭발시키고
참새 소녀의 앞머리가 내 머리에 딱 달라붙는다.

너무 아름다워 나를 불타오르게 한다.

그리고
잠시 뒤,
콘서트가 끝나고
우리의 키스도 끝난다.

## 나는 무섭다

내가 아직도 모르는 무언가가 무섭다. 부모님을 닮는 게 무섭다. 무기력한 삶, 생기 없는 삶을 사는 게 무섭다. 꿈꾸지 않은 밤들이 무섭다. 싸움이 두렵고 비 오듯 쏟아지는 주먹이 무섭다. 한 번도 사랑받지 못할까봐 무섭다. 사랑이 무엇인지도 모르는 게 무섭다. 가끔 멍청한 사람이 되는 게 무섭다. 한밤중 숲속에서 들리는 동물들의 울음소리가 무섭다. 미래가 무섭다. 현재도 무섭다. 교통사고가 무섭다. 쓰나미가 무섭다. 숨만 쉬는데도 일어나는 재난들이 무섭다. 플라스틱이 해양을 덮치는 상황이 무섭다. 흘깃 곁눈질하는 시선이 무섭다. 아무것도 모르는 무지한 사람이 될까봐 무섭다. 리얼리티 쇼에서 사는 게 무섭다. 도축장의 피냄새가 무섭다. 양로원에서 늙어가는 게 무섭다. 내가 누구인지 끝내 모를까봐 무섭다. 어디서부터 나 자신을 찾아야 하는지 모를까봐 무섭다. 내 피부를 살짝 스치는 그 여자애의 살결이 무섭다.

지금 내가 느끼는 감정을 이제는 느끼지 못할까봐 무섭다.

## 밤이 없는 밤

오늘 밤
나는 잠이 오지 않는다
침대 위에 누워
이불 속에서
몸을 이리 뒤척이고 저리 뒤척인다
나는 팔다리를 휘저으며
개구리헤엄을 친다
홀딱 다 벗은 채 백일몽을 꾸고 있다
낮아진 데시벨에
고막은 웅웅거리고
격한 움직임에
팔과 다리가 떨린다
내가 느끼는 감정을 느끼고,
밤이 밤이 아니고,
내 배가 공중회전을 하면서
콩닥콩닥 뛰는 상황이
처음은 아니다
온통 나를 긴장시키는
내게 일어난 이 현상이
내게 일어난 이 상황이

처음은 아니다
나는 이미 느껴본 적이 있고
그때도 좋아했다
내 몸이
불쏘시개처럼 타오르는 순간
나는 뜨거워진다, 너무 뜨거워
손을 어디에 대야 할지 모르겠다
침대 위에는 나 혼자밖에 없다
차가운 옷에 딱 달라붙은 내 축축한 피부와 내 머리에
자석처럼 붙은 쥐스틴의 향수에 대한 기억과
나만이 이곳에 존재한다
내가 이 짓을 하는 게
오늘이 처음은 아니다
밤이 아닌 이 밤에
침대 위에서 이불을 덮고
나는 쥐스틴의 눈을 다시 생각한다
첫 만남의 반짝거리던 눈을 다시 생각한다
그리고 갑자기
번개가 치는 하늘처럼
내 안의 모든 게 움츠러들다가
솟구친다.

그리고 좋아진다.

## 현실로 복귀

그놈이 뒤에서 나를 붙잡았다
나는 그놈이 오는 모습을 보지 못했다
학교 입구로 들어가기 직전
그놈이 나를 담벼락으로 밀어붙였다.

"어이, 아기 고양이, 건방지게 네가 뭐든 할 수 있을 거라고 생각했어?"
내 무릎을 발로 치며 그놈이 말한다
그러고는 내 몸을
자신 쪽으로 돌려놓고
멱살을 꽉 잡는다.
"쥐스틴 말이야, 걔한테 더 다가가지 마, 알겠어?"

우린 그냥 친구 사이라고 계속 말했지만
그놈은 아무 말도 듣고 싶어 하지 않는다
"애들이 내게 말한 건 그게 아니던데."
그리고 내 배를 향해
다시 주먹을 날린다
몸이 반으로 접힌다
그 순간 든 생각은

삼촌이 내게 해줬던 말이었다

"그래도 남자애란 멍청한 짓을 자주 하지."

# 현재

깨어날 조짐이 보이지 않는다.
간호사들이 병실로 들어와
수치를 확인하고
체온을 적는다.

침대 위에 누워 있는 사람은 여전히
움직임 없이
꼼짝하지 않는다.

여자아이도
회색 소파에서
잠들었다.

남자아이 곁의
시간은 긴 것 같다.

# 과거

## 기억을 못 하더라도

나는 학교 운동장으로 향한다
배가 아프고, 양 손가락 끝까지 겁에 질린 나는
주위를 둘러본다
백팩, 운동화, 청바지, 그리고 점퍼를 입은 무리
얼굴들은 서로를 향해 있고
입들은 단어를 만들고 있다
　　　　내게는 들리지 않는 단어들
어쨌거나
　　　　내게 하지 않는 말들이다.

나는 운동장을 지나간다
좀비들 사이에 있는 좀비
하나 다른 점이 있다면
방금 전 나는 맞았다는 것이다
아무도 그 사실을 알아차리지 못한다
하지만 나는 내 몸에
'매서운 공격을 받은 남자애'라는 글자가 쓰여
깜박이는 것만 같다
누구도 나를 돌아보지 않는다
변한 건 아무것도 없었다.

나는 계단을 올라
북적거리는 학교 건물로 들어간다
조금 전 수업 종이 울렸다
역사 수업을 들으러 가야 한다
사물함에 들른다
복도를 등지고
보이지 않는 책 한 권을 찾고 있는데,
쥐스틴이 내 뒤로 와
두 손을 내 눈 위에 올려놓고
큰 소리로 "안녕!" 하고 말해
소스라치게 놀란다.

어안이 벙벙한 내 모습을 본 쥐스틴이 웃음을 터뜨린다

"야, 누가 보면 죽은 사람이라도 본 줄 알겠다!"

죽은 사람, 아니다
죽음이 유예된 내 삶, 그렇다.

"어젯밤 정말 최고였어. 거의 아무것도 기억나지 않지만 말이야. 오늘 아침에 일어날 때 머리가 깨질 듯이 아팠어. 내 생각에는 어제 내가 먹은 게 안 좋았던 것 같아. 가끔 내가 정말 멍청한 짓을 하는데, 자제가 안 돼. 그거 때문에 언젠가 된통 당할지도 몰라…… 어젯밤에 어떻게 끝난 건지 말해줘야 해. 밤 10시 이후로 뭐가 됐든 아무 기억도 안 나. 넌 괜찮아?"

쥐스틴은 기억하지 못한다
그 아이의 입술과 이, 혀……
쥐스틴은 잊어버렸다.

"괜찮아."

나는 쥐스틴에게 이야기하지 않기로 마음먹는다
주먹질, 협박, 엉망진창이 된 내 몸과 마음까지
모두 다 잊어버렸다는데 내 얘기를 한들 무슨 소용인가.

## 유일한 사람

쥐스틴은 이내 말을 잇는다
오늘 아침 라디오에서 들었던
노래를 내게 이야기한다
쥐스틴이 기억했던 노래는 후렴구였다
"들어봐, 꼭 우리 얘기를 하는 것 같아. '우리는 어제 있던 일을 얘기해. 콘서트는 정말 멋졌어. 사람들도 정말 좋았고, 음악 역시 좋았어' 이 가사*, 우리 어제 이야기 같아, 재밌지 않아?"
쥐스틴은 아름다운 이야기를 탄생시키는
우연의 연속을 좋아한다
학교 운동장에 우리 둘 뿐인 것처럼
멜로디와 가사를 흥얼거린다.

빙빙 돌며 하늘하늘 쉼 없이 움직이는 쥐스틴,
공중에 둥둥 떠다니며 사는
쥐스틴의 옆에 있으면
나는 모든 걸 잊고, 기분이 좋아진다
쥐스틴에게서 나오는 온기가 부럽다

* 프랑스 가수 피루엣의 노래 〈우리가 보여Je nous vois〉의 한 구절

그 온기는 어딜 가든지, 무엇을 말하든지,
쥐스틴을 눈에 띄게 하고,
쥐스틴 없는 삶은 더 회색빛이 되어버릴 것 같은 기분으로 만들고,
너무 오래 씹은 풍선껌처럼
이제는 똑같은 맛이 아닐 것 같은 기분으로 만든다.

쥐스틴은 내게서 무엇을 발견할 수 있는지 모르겠다
그러니까 내 말은 친구로서 말이다
나는 쥐스틴에게 어떤 영향을 줄 수 있는지 스스로에게 물어본다.

이 학교에서 모든 사람이 쥐스틴을 무척 좋아한다
하지만 나는 평범하고, 그저 그런 한 명의 팬에 불과하다
하지만 지금, 여기
쥐스틴이 나를 보며 웃는다
나에게 자신의 일상을 이야기하고,
나와 함께 저녁을 보냈고,
내 옆에서 노래를 부르고 있다
나는 내가 운이 좋다고 생각한다
나는 정말로 살아 있고
누군가 자주 떠올릴 사람이 있고
이것저것 하고 싶은 게 있고

내 머릿속에서, 내 인생에서
나는 더 이상 혼자가 아니라는
이런 감정을 처음으로 느낀다
의심할 것도 없이, 쥐스틴은
모든 것을 버리고 여기서 도망치고 싶지 않다는 마음을
나에게 심어주는 유일한 사람이다.

## 부름

쥐스틴과 내가 복도에서 이야기를 나누고 있는데
생활감독 선생님이 쥐스틴에게 다가와
학생지도 선생님에게 최대한 빨리
가보라는 말을 전한다.

“내가 또 무슨 사고를 쳤나? 얼굴 보면서 나눠야 할 무슨 얘기가 있나봐, 하하!”
쥐스틴은 웃음을 터트리며 큰 소리로 말한다.

나중에 보자고 짧은 인사를 나누고 헤어진다
나는 복도에서 멀어지는 쥐스틴을 바라본다
그 아이의 걸음걸이에서
우아하고 비극적인 무언가가 풍겨 나온다
그러니까 최고와 최악을 경험하는
셰익스피어의 여주인공처럼.

아까 맞은 배가 아직도 아프다
오늘 하루는 길 것 같다.

## 성교육

남학생과 여학생은
두 교실로 분리되었다
소위 '발언의 자유'를 위해서라고 한다
혹은 발산하기 위해, 서로 예의를 지키려고.

나는 남학생 그룹에 있다
　　하루 종일 모니터에 시선을 고정하는 남자애들
　　쉬는 시간에 축구를 하는 남자애들
　　여자애들과 약속을 잡는 남자애들
　　무리를 만들고 싶어 하는 남자애들
　　스쿠터를 타며 위험한 묘기를 부리는 남자애들
　　수학을 사랑하는 남자애들
　　엔진을 불법으로 개조하는 남자애들
　　근육 운동을 하는 남자애들
　　시도 때도 없이 섹스 얘기만 하는 남자애들
　　그리고 내가 있다.

이런 놈들 사이에 있는 나
우리는 서로 닮지 않았지만,
섹스에 대해 이야기하러

같은 공간에 들어와 있다
여자 선생님인 성교육 선생님은
40대 정도의 나이에 둥근 체형으로 화법이 거침없다
어떤 애들은 재밌어 하지만
고개를 숙이고 제 다리만 보는 애들도 있다
선생님은 우리에게 어떤 '행위'를 하느냐고 묻는다
한마디로 그건 많은 사람들에게 별일이 아니다
하지만 열다섯, 열여섯 나이에 '행위'를 그렇게 많이 하지는 않는다
그저 시늉만 내고 하는 척만 할 뿐
애들은 가볍고, 자극적이며,
가끔은 진짜이지만 대부분 거짓인 이야기들을
말하고, 만들어낸다
그런 이야기 두 개를 들으면 하나만 믿지만,
꾸며내는 건 이미 조금 생활이 되었다.

선생님은 우리에게 인터넷에서 무엇을 보는지 묻는다
어떤 애들은 우쭐해하고, 또 다른 애들은 고개를 숙인다
선생님은 인터넷 사이트, 영상, 서로 주고받은 성적인 문자들에 대해 말한다
나는 나와 관련 없는 일이라고 느낀다.

그러자 사물함 패거리 중 한 명이 질문을 한다

"여자 친구랑 서로 영상을 찍는 건요? 그럴 권리가 있지 않나요?"
선생님은 분명하게 대답하며,
'동의'라는 단어를 쓴다
유일한 문제는 바로 이것이다
좋아 아니면 싫어.

"알아요, 그런데 여자애가 자꾸 말을 바꿔요. 동의했는데, 나중에 강요했다고 말해요."
사물함 패거리 중 한 명이 큰 소리로 말한다
선생님은 의견을 바꿀 권리가 있고,
마지막 순간에도, 그 의견을 존중해야 한다고 대답한다.

내 뒤에서 패거리의 말이 들린다
수선스럽고, 분주하게,
나를 벽으로 밀쳐 꼼짝 못 하게 만들던 놈이
부정한 방법으로 얻은 성공에 우쭐해한다
자신의 폰 안에
여럿 인생을 타락시킬 수 있는
영상들이 있다고 속삭이는 그놈의 말이 내게 분명하게 들린다.

그리고 수업 종이 울린다.

———

## 타임아웃

오후 3시 15분, 체육관
매치 포인트.

덩치가 나를 폭파시켜버렸다
그놈은 스스로에게 만족스러워하고,
체육 선생님도 그러하다
나는 그리 신경 쓰지 않는다
그저 한심스럽다.

쥐스틴이 내게 문자 한 통을 보냈다.

수업 다 끝나고 볼 수 있을까?
중요한 일이야.

오늘 하루가 끝나지 않을 것 같다
나는 시간이 희석된다는 게 뭔지 하나도 모르겠다
어떤 시간은 며칠씩 지속되고,
또 다른 시간은 손가락 사이로 빠져나가는 모래처럼
천천히 흐른다
시간은 흐르고 우리는 그 시간을 붙잡을 수도 없다

그냥 그렇게 보낸다.

탈의실에서 스웨트 셔츠로 갈아입다가
마른 내 몸, 가느다란 내 다리를 바라본다
엄마는 가끔 '여자애 같은 다리'라고 말한다.

청바지를 입고, 운동화를 신는다
가방을 든다
가방 위를 보니
누군가 고양이 한 마리를 그려놓았다.

내 주위 다른 애들을 본다
사물함 패거리가 나를 쏘아보고 있다
그중 한 명이 "야옹" 하고 작게 이죽거린다
패거리 애들 모두가 나를 귀찮게 하기 시작한다.

## 기다림

나는 기다린다
철문 근처
반짝거리는 스틸 벤치에서
1월 말의
차가운 햇살 아래.

나는 기다린다
한 달 전 열여섯 살이 되었고
내가 품은 질문에 답을 구하지 못한 데다
그 아이와 키스하고 싶은 마음이 굴뚝이지만
내 입술은 차마 용기가 없다.

나는 기다린다
내 귀에는 이어폰이 꽂혀 있고
머리에는 비니를 썼고, 손가락은 차갑다
어떤 노래의 가사처럼
'그냥 완벽한 날'

나는 기다린다
쥐스틴의 짙은 앞머리, 목도리, 장갑이

시야에 들어오는지
신비스러운 참새의
진지한 눈빛이 다가오는지 살핀다.

나는 기다린다
심장이 조이고
앞으로 뒤로 공중 돌기를 한다
지난 날 나는 사랑에서
내 순서는 이미 지났다고 체념했지만.

나는 기다린다
나는 외로운 남자애다
손대는 건 모두 불타버리는
태양 같은 여자아이의 친구다
여자아이가 말을 건 그 순간부터 우린 친구가 되었다.

그리고 그 친구가 다가온다
친구는 무기력해 보이고
친구의 말에는 온기가 스러져 있다.

## 제발 도와줘

그 애랑 잤어. 나도 원했던 거고, 네가 걔를 멍청하다고 생각하는 거 나도 알고 있지만, 걔는 그런 애이고 나도 그걸 알고 있었어. 그래도 내가 원해서 걔랑 잤어. 그날이 내 첫 번째는 아니었고, 그렇다고 내가 자주 하는 것도 아니지만, 아무튼 이미 일은 벌어졌지. 나도 알아, 로미오, 나를 판단하지 말아줘. 그러니깐 세 번 같이 잤어. 세 번째 할 때 그날 그 침대에서 걔가 우리가 하는 모습을 영상으로 찍은 거야. 나한테 아무 말도 하지 않고, 걔 스마트폰을 책상 위에 두고 몰래 찍은 건데, 내가 조심하지 않았어. 걔가 그런 짓을 할 거라고는 상상도 못 했어. 내가 옷을 다 벗고 있을 때, 걔랑 같이 있을 때 영상을 찍은 거야. 그런데 걔는 자기 얼굴은 전혀 보이지 않게 찍어서 영상에서는 오직 나만 보여. 내가 했던 것들, 그런 건 너한테 얘기하지 않을게, 너도 짐작하겠지만 그냥 단순히 키스만 했던 건 아니야. 걔는 내 입, 가슴, 엉덩이, 자기 성기를 만지는 내 손, 내 성기를 만지는 걔 손을 영상으로 찍었어. 내가 그 애한테만 줬던 것, 내가 걔를 정말 원했기 때문에 줬던 걸 걔는 영상으로 찍었어. 그런데 지금 그 영상이 떠돌아다녀. 지워지지 않는 그 흔적이 지금 돌아다니고 있어. 문신처럼, '더러운 년'이라는 단어를 내 피부에 새긴 것처럼. 로미오, 어떻게 해야 할지 모르겠어. 걔가 그 영상을 자기 친구들한테 보여줬어. 운동장, 교실, 복도에서 걔들이 왜 나를 그렇게 쳐다봤는지 이해됐어. 걔가 어느 SNS에 그 영상을 올렸는지는 나도 잘 몰라. 몇 명이 그걸 봤는지, 몇 명이 내 벗은 몸을 봤는지, 그…… 그걸 하는 영상을 봤는지 나도 몰라. 너도 무슨 얘기인지 알지. 배도 아프고 뼈마디도 다 아파. 네가 필요해, 로미오. 뭘 해야 할지 모르겠고, 혼자서는 견딜 수 없을 것 같아, 제발, 도와줘.

## 비디오 게임

물론 쥐스틴이 내게 모두 다 얘기하지 않았지만
나는 모두 상상했다
내 머릿속에서 모든 것을 봤고
내 생각 속에서 모두 흐려졌다
살결
몸의 구석진 곳과 오목한 곳
그 아이의 헝클어진 머리카락
거친 숨소리
두 남녀가 서로 뒤엉켜 있고
눈은 감고 있다
그리고 나머지는 추측하기 쉽다.

알 수 없지만 나는 모두 알았다
보지 않았지만 나는 모두 봤다
질 나쁜 레코드의 홈에 새겨진 것처럼
HTML파일 속에 박제된 쥐스틴
가상 세상에 떠돌아다니는 쥐스틴의 몸.

나는 그들 모두를 생각했다
화면 앞에서 시간을 낭비하는 그들

게임과 현실 삶을 혼동해서
셀 수 없이 많은 목숨을 가진 게임 세상에 사는 그들
현실 속 삶은 아주 짧은데도,
이 세상에 계속 존재하는 게 아닌데도,
시간을 낭비하지 않는 것 말고는
실제로 할 수 있는 게 아무것도 없는데도 말이다.

나는 사랑을 생각했다
소용돌이 속에서 확산되는 사랑
자신이 고통을 주고 있다는 사실조차 모르는
멍청이들에게 버려지는 사랑
저마다 자신이 주고 싶은 것과
누구에게 줄 것인지를 선택한다
친밀한 관계는 서로를 외면하지 않는다.

나는 그 녀석을 생각했다
긴장을 풀고 모든 걸 보여주는 그 순간을
더러운 기억으로 만들어버리고,
그날 밤 밝고 흠이 없는 여자를
자신의 품에 넣는 행운을 가졌다는 사실도 잊은 채
둘 사이 이야기를 모두 더럽히기로 작정했다
자신의 스마트폰을 의자 위에 올려두고
아무 생각 없이 동영상 촬영 모드를 눌렀다

자신이 찍은 게
사물이 아닌 사람이라는 사실을 잊어버렸다
동의를 전혀 구하지 않았고, 오로지 즐겼다.

이런 시나리오를 계획하려면
완전히 미친 사람이어야 한다
아름다운 것을 모두 무시하려면
아주 머저리어야 한다.

## 저녁 7시 30분

부모님이 퇴근하셨다

일상 의식이 시작된다

TV 소리

그리고 아빠의 침묵

나는 가만히 있지 못한다

구석에서 쥐스틴을 도와줄 방법을 찾기에는

나 자신이 쓸모없고 나약하게 느껴진다.

내 끙끙이를 눈치챈 엄마는

내게, 늘 그렇듯 엄마가 똑같이 하는 질문을 들으라고 한다.

"좋아, 나한테 할 얘기가 있는 거니? 너 지금 우리에 갇힌 사자처럼 이리저리 왔다 갔다 하고 있어. 너를 쳐다보고 있으면 진이 다 빠진다, 견디기 힘들어, 정말. 몸에 벌레가 있니? 무슨 문제가 있어서 그렇게 어수선하게 움직이는 거야? 우리한테 할 얘기라도 있는 거야? 뭐 숨기는 게 있니? 학교에서 사고 쳤어? 말하는 편이 좋을지도 몰라. 허튼짓 하고 다니면 난 못 참는다. 형편

없는 점수라도 받은 거야? 아니면 여자애 문제야? 무슨 일이 났으니 이럴 거 아냐. 그렇게 쳐다보지 말라는 말은 하지 마, 어쨌거나 나는 네 엄마고 모두 나를 그렇게 생각해. 계속 입 다물고 있을 거야? 내가 말하는데, 오늘 저녁 내내 지금 이런 정신 상태로 있진 못할 거야, 네가 날 거슬리게 했으니까. 좋아, 기다릴게, 자, 말해봐. 여기서 너하고 나 이 자리에서 꼼짝 않고 있자고. 시간은 충분해. 그러니깐 말해, 로미오. 무슨 일인지."

말하지 않을 것이라고 약속했기에,
나는 입을 다문다
엄마에게 아무 얘기도 하지 않을 거다
지금은 말할 때가 아니다
무엇보다 엄마도 자신에 대해
중요한 얘기, 진실들 그 어느 하나 내게 말해주지 않고 있다
엄마는 자신을 위해서 비밀을 간직하고 있으니
나도 입을 다문다.

## 엄마의 비밀

며칠 전 집에 들어오니
누군가 먼저 집에 들어와 있다는 걸 알았다
엄마의 가방, 재킷, 서류들이
현관 장 위에 있었는데
이런 일은 한 번도 일어난 적이 없던 터라
나를 바로 불안하게 만들었다.

우리 가족의 일상 의식이 방해를 받아
어떤 불씨가 일어날 것만 같은 불안.

식탁 위에 놓인 뜯긴 우편물
상단에 적힌 공증인의 이름
나는 흘깃 곁눈질로 봤다
모르는 이름이 있었다
아마 사망한 남성인 것 같은데
상속 문제로 엄마가 소환된 것 같았다.

어떤 비밀을 파헤치는 기분으로
종이에 적힌 성(姓)을 읽고 또 읽었다

식탁에 우편물을 다시 놓았다
나는 읽지 않은 척하며
콜라 한 잔을 마시고
아침에 먹다 남은 크루아상을 조금씩 뜯어 먹는다
빵은 다 말라버려서 아무 맛도 없었다
'엄마처럼'
예전에, 엄마는 부드러운 사람이었을 것이다
예전에는, 그런 사람이었을 것이다.

내가 이해하고 싶어 했을지도 모를 그런 사람
사람들이 손을 잡아줬던 그런 사람.

나는 2층으로 올라가,
바로 엄마가 있는 방 앞을 지나갔다
살짝 열린 문틈으로 보니
엄마가 침대 위에 누워 있었다
몸을 쭉 펴고, 눈은 감고
죽은 사람처럼, 조용히
엄마의 숨 쉬는 소리가 들렸다
엄마가 울고 있을지도 모른다는 생각도 든다.

엄마를 위로하러 방으로 들어가고 싶었다
내가 엄마를 꼭 껴안아주고 싶었다.

엄마를 향해 이런 감정을 느낀 건
처음인 것 같다
하지만 문지방을 넘지 않았다
나는 엄마와 엄마가 품은 수수께끼의
반대편에 있었다
엄마가 말하지 않는 낯선 사람의
반대편에 있었다
몇 발자국 떨어진
내 방으로 갔고
방문을 닫았다.

나는 귀에 이어폰을 꽂고
절전 모드인 내 삶을 마구 흔들었다.

## 엄마의 사진들

우리 집 벽에는 사진이 없다
마트에서 구입한 흐릿한 뉴욕 풍경 사진 말고는
걸려 있는 게 아무것도 없다
다른 사람들처럼 되고 싶은 이들의 개성 없는 인테리어.

엄마의 가족에 대해 나는 잘 모른다
한 번도 이야기한 적이 없다
엄마의 부모님에 대한 어느 것도,
삼촌, 이모들에 대한 어느 것도,
휩쓸려 사라져버린 세상처럼
엄마가 땅속에 묻고 간직한 비밀들.

아주 오래전 어느 날
내 신분증을 찾던 중에
흑백 사진이 가득한 상자를 발견했다
사진 속에 있는 사람이 누구인지 모르지만
나는 유심히 살펴봤고,
엄마를 찾은 것 같았다
항상 어떤 남자 옆에 있는 어린 여자아이
그 남자는 아마 아버지인 듯했다

사진 속 아이는 행복해 보이지 않았다
슬퍼 보이지도 않았다
작은 얼굴에 어떤 감정도 드러나지 않았다.

나는 자주 이런 생각을 했다
어째서 엄마는 내게 아무것도 이야기해주지 않는 걸까?
어째서 늘 이런 침묵이 깔려 있을까?
어째서 우리 사이에는 추억이 없는 걸까?

우편물을 발견했을 때
나는 약간 누렇게 바래고, 조금 옅어진 사진들을 다시 찾았다.

작은 소녀의 손을 잡고 있는 이 남자가
엄마의 아버지인지
우편물 위에 적힌 이 이름이 그의 이름인지
만약 그렇다면,
왜 엄마의 인생에서
한낱 유령에 불과한 존재처럼 보이는지
나는 알고 싶다.

## 상상 지도

내일 제출해야 할 지리 숙제가 하나 있다
책상 스탠드 불을 켜놓고 집중하려 애쓰지만
도무지 되지 않는다
정말 나랑 상관없는 내용이다
일본 인구, 면적, 산업, GDP
한 글자도 적어내지 못하고 있다
머릿속에는 다른 이미지가 떠돈다
한 번도 본 적 없는 몸에 대한
지도를 머리로 그려보고 있다
내가 상상하는 몸
가늠되지 않는 동고선과 고저 차
잠재적으로 높아질 것 같은 기온
둥근 모양의 연안
신비로운 작은 섬들,
여러 선들을 상상하느라
지리 수업 내용은 머릿속에서 휘발된 지 오래다
명칭, 지역, 범례를 외우고,
반도, 자원, 굴성*의 정의를 암기해야 하는데

* 식물체의 일부가 외부의 자극을 받았을 때 일정한 방향으로 움직이는 성질

아무것도 눈에 들어오지 않는다
내 마음은 다른 풍경, 다른 영역을
돌아다니고 있다
숙제를 제외한 모든 것을 원하게 만들고
내게 말을 건네는 새로운 세상.

나는 책상 위에 연필을 놓고
스탠드 불을 끈다
오늘 저녁
나 역시
백지상태가 된 것 같다.

## 또 꿈을 꾸다

바로 그날 저녁, 바로 그날 밤
어느 공원, 벤치들, 벤치에 앉아 있는 젊은 사람들
나무들은 거의 앙상하고,
하얀 피부는 더 바래지는 겨울
남자애들은 담배 한 개비를 돌려 피운다
담배의 성분이 뇌까지 천천히 올라간다
스피커에서 노래가 흘러나온다
노래에 맞춰 여러 사람이 육감적으로 움직이고
단어들이 어둠 속으로 빨려 든다
"여기 모두 일탈 중이야, 네가 가장 섹시해."*
꿈에서 나는 이 무리와 섞인다
그들은 내게 아무 말도 하지 않고, 나를 몰아내지도 않는다
그들은 나의 존재를 받아들인다
어떤 여자애와 내가 함께 춤을 춘다
그녀의 살결이 내 피부에 살짝 스치고,
그녀의 배와 내 배가 닿으면서 내 배가 뒤틀린다
그녀의 속눈썹 곡선 위에서 천천히 흐르는 밤
내 뇌 속에서 상영되는 촉각으로 느끼는 영화

* 프랑스의 혼성 밴드 테라피 텍시의 노래 〈작업 거는 중Hit Sale〉의 가사

시야가 흔들리고 감각이 고장 난다
꼭 내 피부가 맛을 볼 수 있고
내 눈이 숨을 쉴 수 있고
내 귀가 볼 수 있는 것만 같다
나는 꿈꾸는 걸 꿈꾼다
그녀가 몸을 돌리는데 갑자기
남자애가 내게 기대어 춤을 춘다
그리고 나는 더 이상
누가 누구고, 나는 어디서 왔는지 모른다
"여기 모두 일탈 중이야, 네가 가장 섹시해."
공원은 완전한 암흑에 잠기고
어둠 속에서 사람들은 서로 사랑을 한다
사람들은 자신이
누구와 사랑하고, 우정을 나누며, 무엇을 버리려 하는지
전혀 모른다
음악 소리가 더 커지고 내 호흡도 거칠어진다
그리고 어떤 비명 소리가 밤을 찢는다.

나는 잠에서 깬다
내 침대에서 홀딱 벗겨진 욕망이 나를 잠에서 깨운다.

## SNS

순식간이다
사흘 만에 모두가 알고 있다
모두가 봤거나
                    봤다고 말하거나
                              봤던 누군가를 알고 있다
그러니깐 모두가 안다
쥐스틴이 했던 일을.

학교 담벼락에
쥐스틴을 지목하며
최악의 단어들을 섞은 낙서들이
난무하기 시작한다
영상은 SNS에서,
스마트폰에서,
온갖 은밀한 방법으로
떠돌아다닌다.

**쥐스틴 더러운 년**
**쥐스틴은 좆을 빨았다**
**유폰*에 쥐스틴이 있다**

담벼락과 사물함에 적힌 낙서가
예민해서 한 행동이라고,
무심결에 한 행동이라고
우리는 말할 수 없다
멍청이들의 지워지지 않는 잉크로
쥐스틴의 이름이 새겨졌고
신원이 노출되었다.

사건이 터진 지 며칠이 지났다
쥐스틴은 학교에 오지 않았다
문자에도 답이 없고
전화에도 답이 없다.

어느 날 저녁
누가 보냈는지 모르겠지만
문자로
그 영상이 나에게까지 왔다
내 친구를 존중하는 마음으로
그걸 보지 않기로 마음먹는다
친구와 함께 그 영상을 보는
고통을 겪지 않으려면

* 불법 포르노 동영상 공유 웹사이트

이 사실을 알려야 한다
영상 제목에 쥐스틴의 이름이 있다
이제 모든 플랫폼에 쥐스틴이 있다
무료 다운로드로
그 아이의 얼굴, 가슴, 손
무료 다운로드로
그 아이의 다리, 성기, 혀
견딜 수 없고,
불쾌하고, 비참하다
이제는 고민만 하고 있을 수 없는 상황까지 온 것이다.

확실한 건 단 한 가지
무언가 행동해야 한다는 것이다
이 추잡한 폭력을 멈추기 위해서.

**삼촌**

나는 이 일에 대해 말할 수 없다
쥐스틴이 내게 말하지 말라고 했기 때문이다
쥐스틴은 그 일을 숨기고 싶어 하는 게 아니고,
내게 털어놨던 이 비밀을
내가 숨겨주길 원하는 것이다.

영상을 보지 않고서
이미지를 상상했고
그 친구가 느낄 감정을 추측할 수 있었다
그리 복잡하지 않다.

삼촌 가게에서
나는 우물쭈물하며
학교 여학생이
자신의 동의 없이
동영상 촬영을 당했다는 이야기를 했다.

"삼촌이라면 어떻게 할 것 같아?"
"먼저 경찰서로 갈 것 같아."
"걔가 그걸 원치 않아."

"그럼 아무것도 해결되지 않을 거야."

"스스로 문제를 해결하고 싶어 하는 것 같아."

"맞서 싸우기 힘든 멍청이들을 상대로 말이지."

"어떻게 도와야 할지 모르겠어."

"곤란한 일에 끼어들지 마."

"싸우는 건 절대 할 수 없을 것 같아, 삼촌도 날 잘 알잖아?"

"사람 일은 아무도 몰라. 너는 정이 많은 애야. 그렇지만 이번 일은 네가 손을 쓸 수 없는 일이야."

내가 감당할 수 없는 일이고,
해결사 역할을 맡고 싶다 할지라도
아무런 도움이 되지 않을 것을
나도 잘 알고 있다.

나는 슈퍼 히어로도
억압을 당하는 수호자도 아니지만,
다른 사람들이 그 친구의 몸을 곁눈질하며
쳐다본다는 생각만으로
속이 부글부글 끓고
분노가 치밀어 오른다.

## 기타 연주자를 찾습니다

내 시선이 계산대 위에 붙은
작은 종이쪽지에 멈춘다
순간 그 종이밖에 보이지 않는다
내 주변 모든 게 뱅글뱅글 돌기 시작한다.

새내기 밴드에서 베이스 기타 연주자를 찾습니다

우리가 영향을 받은 밴드는
스트록스, 프란츠 페르디난트, 블러 등등입니다
화요일 저녁마다 합주 연습을 합니다
관심 있으신 분은 이곳으로 연락 주세요
06 22 86 10 24

삼촌은 조금 전 도착한
레코드판 상자를 뜯어보느라 바쁘다.

나는 정확한 손놀림으로
쪽지 끄트머리를 잡아 몰래 뜯은 다음
주머니에 쑤셔 넣는다.

## 아기 고양이

패거리는 더 이상 쥐스틴을 화젯거리로 만들지 않고
신중 모드에 들어갔다
이제는 교실에서 소란 피우지 않고
복도에서 폭력을 쓰지도 않으며
쥐스틴을 비난하는 행동도 멈춘 채
갑자기 완벽하게 조용해졌다.

나는 눈으로 패거리를 따라다니며
놈들의 움직임을 엿보고
수상한 행동을 감시하며
놈들의 죄를
밝혀낼 수 있는
빈틈을 찾으려고 애쓰는 중이다.

그놈들의 뒤꽁무니까지 파고들 작정이다
이제는 놈들이 아기 고양이라고 불릴 차례다
한 번이면 족하다
내가 놈들을 짜증나게 하고 있단 걸 잘 알고 있다
놈들은 내 입을 다물게 만들려고
서로 말을 맞춘 것 같다.

영상은 계속해서
학생들 사이를 떠돌아다니고
모든 애들이 다 본 듯하다
일종의 밈이 되었다
패러디를 하는 애들도 있다
그들에게 쥐스틴은 인기 대화 주제가 되었다.

이틀 후면 방학이 시작되지만
조금도 나아지지 않을 것이다
개학하는 날에도 조직적으로 한 사람을 파괴하는
학교 분위기는 어김없이 이어질 것이다
　　　학교로 돌아오지 않는 쥐스틴
　　　쥐스틴의 빈자리를 채우는 침묵.

목요일, 수업이 다 끝나고
나는 사물함 근처에서 패거리를 기다린다
　　　　　　"아기 고양이, 뭘 원해?"
그들 중 한 명이 내게 따진다
　　　　　　"네가 그 영상을 완전히 삭제하는 걸 원해."
나는 범인을 쳐다보면서 대답한다.
패거리 모두가 웃기 시작한다.
　　　　　　"오, 우리 아기 고양이, 화났네."

———

패거리 중 한 명이 내 스웨트 셔츠를 잡아당긴다
"조용히 해라!"
그러더니 내 어깨를 주먹으로 내리침과 동시에
내 비명 소리를 덮으려 큰 소리로 야옹거린다
"더는 우릴 협박할 생각하지 마, 아기 고양이,
너 하나 사라지게 하는 건 순식간이야."

그리고 패거리는 자리를 뜬다
쇄골을 다쳤다
나는 혼자가 되어 길을 잃은 기분이다
그렇지만 이번에는 두렵지 않다.

## 양호 선생님

2월의 마지막 금요일이다
오늘 저녁 모든 수업이 끝나면
나는 집에 돌아가 앞으로 2주 동안
학교도 가지 않고
학교 아이들의
위선적이고, 비열하고, 역겨운 얼굴도 당분간 보지 않는다
여기서 일어난 일을 조금은 잊어버릴지도 모른다
그러니깐 아주 잠시.

프랑스어 수업 시간
양호 선생님이 모든 교실을 방문한다
선생님이 전하는 말을 하는 동안 교실에는 침묵이 무겁게 깔린다.

"여러분들도 아마 교내에서 돌고 있는 영상에 대해 들어본 적이 있거나 이미 본 학생도 있을 거예요. 우리 학교 학생들과 관련이 있어서 충격적일 수 있어요. 그 영상은 여러분의 것이 아니기 때문에 절대 여러분끼리 영상을 퍼트리고 확산시켜선 안 됩니

다. 이 일에 대해 이야기를 나누고 싶다면, 혼란스럽고 불편한 감정을 느낀다면, 양호실 문은 항상 여러분에게 열려 있으니 언제든지 오세요. 누군가에게 큰 고통을 줄 수 있는 그 영상을 퍼트리는 무리에 끼어선 안 돼요. 청소년이 연루된 포르노 영상을 퍼트리는 행위와 성희롱은 법에 의해 처벌받아요. 무슨 일이든 도움이 필요하다면 내게 오세요. 여러분의 얘기를 들어줄게요. 그러기 위해서 내가 여기 있는 거니까요."

선생님이 발걸음을 돌려 교실을 떠나는 동안
어느 누구도 말하지 않는다
프랑스어 선생님은 우리를 뚫어지게 쳐다본다
죄인을 보듯이
교활한 뱀을 보듯이
선생님은 숨은 의미가 담긴 문장을 읊는다.

"**청소년기는 아무것도 두려울 게 없는 시기다.** 모두 방학 동안 이 주제에 대해 잘 생각해보렴. 그리고 논술 숙제를 제출하도록……. 여러분이 가진 지혜를 보여주길 기대할게."

수업 종이 울리고, 나는 가방에 내 물건들을 넣는다
선생님이 나를 바라보고 피곤한 기색으로 미소를 짓는다
내가 교실을 나가려 선생님 앞을 지나갈 때, 선생님은 내게 말씀하신다.

"로미오, 나는 네가 그런 애들 중 한 명이 되지 않길 바라."

## 쥐스틴의 집

쥐스틴의 소식이 끊긴 지
일주일이 넘었다
내가 보낸 문자에 답도 하나 없다
더 이상 사용하지 않는 번호인 것처럼.

그날 저녁
나는 더 이상 기다리고만 있을 수 없어
두 블록 건너에 있는
쥐스틴의 집까지 걸어갔다.

벨을 누르자 여성 분이 문을 열어주셨다
쥐스틴의 어머니다, 쥐스틴처럼 아름다우시다.

쥐스틴의 어머니는 나를 쥐스틴의 방으로 안내해
방문을 두 번 똑똑 가볍게 두드린다
쥐스틴이 나를 알아보고 놀란 눈치다.

> "너 여기까지 무슨 일이야? 내가 아무도 안
> 만난다고 했잖아."

나는 꼼짝 않고 서 있었다.

"너희 부모님께 무슨 얘기를 하고 온 거야?"

나는 쥐스틴에게 진정하라고 얘기한다.

"학교 공포증이래, 의사 선생님이."

하지만 그런 문제가 아니다
이렇게 만든 건 공포가 아니라는 것을
쥐스틴과 나는 잘 알고 있다.

쥐스틴의 온몸 살갗에
딱 달라붙은 것은
치욕이다.

더러운 침 같은
머리카락에 묻은 똥 같은
치욕.

"나를 가장 힘들게 하는 건
사람들이 내 엉덩이를 봤다는 사실이 아니야, 솔직히 그런 거 나는 신경 안 써.

나를 정말 힘들게 하는 건
걔가 그런 생각 자체를 했다는 거야.
이렇게 덫으로 나를 옭아맸어.

그날 우리 몸이 서로 닿았을 때
걔는 진심처럼 보였어.

나를 가장 힘들게 하는 건
걔가 나에게 했던 연기를
내가 전혀 눈치채지 못했다는 거야."

나는 쥐스틴의 눈을 바라본다
참새의 앞머리
슬픈 새의 표정
쥐스틴은 자신의 새장에 머물러 있다
새장 문이 열려 있지만
새는 움직이지 않는다.

"쥐스틴,
학교로 다시 돌아가야 해.
다시 일어서야 해.
걔네들이 승리하고
너를 짓밟게 내버려둬선 안 돼.

나는 너를 버리지 않아, 알겠지."

그러자 쥐스틴은 나를 쳐다보고
얕은 한숨을 내쉬며 중얼거린다
"나도 나를 모르겠어."

나는 쥐스틴을 바라보고
미소를 지으며 그 애를 안심시킨다
"그래서 내가 여기 있잖아."

---

## 쥐스틴의 삶

쥐스틴의 일상을 만나러
지금 이곳으로 오기 전까지
나는 쥐스틴에 대해 아무것도 몰랐다
그 아이의 가족도, 실제 생활도 몰랐다.

우리 집과 같은 주택이지만
비슷한 건 하나도 없다
우리 집은 지루함이 딱 눈에 보이지만,
이곳은 사랑이 곳곳에서 느껴진다
만화가 아버지, 기자 어머니
사랑스러운 두 남동생
불빛, 사진, 푹신푹신한 쿠션들로 가득한 방들
겨우 현관문을 지나왔을 뿐인데
나는 좀 더 가벼워진 느낌이다
내 불안과 안 좋은 생각들을
한쪽으로 치워놓은 것처럼
한 가정이 이렇게 서로 사랑할 수 있다는 걸
발견한 것처럼.

쥐스틴은 눈살을 찌푸리면서 나를 쳐다보고

내 시선을 바로잡는다.

"네가 무슨 생각을 하는지 알아.
네 속마음이 뭔지 알아.
모두 서로 존중하고,
각자의 자리가 의미 있는
이런 가정에서는
모든 게 수월할 거라고 생각하겠지.
사실 그리 간단한 일이 아니야.
모든 것이 다 갖춰진 환경에서,
너는 너 자신으로 존재하려고
뭐든 하고 싶어져.
봐봐 내가 있는 이곳
이 덫을 봐봐.
나는 이 안에서 머리부터 거꾸로 물
속에 잠겼어.
사람들은 내가 침몰하도록
내버려두고 싶어 해."

가냘픈 새의 속눈썹 위로
눈물이 그렁그렁 맺히고
볼 위로 여자아이의 두려움이 흐른다
위험에 빠지는 게

자신의 가치를 더해주고
아슬아슬한 행동을 저지르는 게
자신의 부모에게서 벗어나는 열쇠라고 믿은 여자아이.

이 순간 나는
쥐스틴의 분노와 폭발을 이해한다는 걸
알려주기 위해서
필요한 말을 찾고 싶다
이 순간 나는
쥐스틴에게 너는 멋진 사람이라고
말해주고 싶다
나와 다르게 쥐스틴은
내가 시도해보지도 않고
바라기만 한 일을
모두 용감하게 해낸
친구라는 걸 말해주고 싶다
그리고 무엇이든 할 수 있는
좋은 환경에서 태어나는 게
그리 간단한 일이 아니라는 사실도 말해주고 싶다.

쥐스틴의 침대에 나란히 앉은 우리 둘
나는 그 애의 손을 꼭 잡고
이렇게 말한다.

"쥐스틴, 무너지지 마.
그런 놈들 때문이라면 더더욱. 그럴 가치도 없으니까.
너야말로 가장 가치 있는 사람이야.
이걸 잊으면 안 돼."

그리고 나는 집으로 돌아간다.

## 네 개의 기타 줄

방학 시작 후, 첫 주말이다
나는 내 방에서
열심히 베이스 기타를 연주하느라
이제 손가락에 감각이 없다
연결된 앰프
네 개의 줄
내가 듣고 싶은 음들과는
완전히 다른 소리를 내는
단조 화음들
그래도 나는 계속 연주한다
오랜 시간 내 방에서 아등바등한다
리듬은 아주 정확하지 않고
재빨리 음을 찾지도 못해
가끔 절망적인 거친 한숨이 새어 나온다.

나는 전단지에 적힌 번호로 전화를 걸었다
그들에게 혼자서 꾸준히
베이스 기타를 연주하고 있다고 말했더니
밴드 멤버는 내게 합이 잘 맞는지 보기 위해서
밴드가 연습하는 날

연습실에 들러보라고 제안한다
이렇게 나는 한 걸음 내디뎌보려고 한다
내가 원하는 만큼 소리가 나지 않는
나의 기타 네 줄과 함께
한 번은 끝까지 가보려고 한다.

기타를 앰프에 다시 연결하고
내 방 안에 서서
나를 먼 곳으로 이끌어줄 리프*를 찾는다.

* 짧은 구절을 되풀이하는 멜로디

## 영화관

나는 쥐스틴에게 저녁 외출을 제안한다
바깥세상을 되찾기 위한 방법이다
시내 영화관에서 쿠엔틴 타란티노 감독 회고전을 하는데
쥐스틴이 〈킬빌〉을 다시 보고 싶어 한다
자신을 죽이고 싶어 하는 어떤 놈에게
복수하는 어린 여자의 이야기
피가 여기저기 튀고 칼과 총 그리고 쿵푸가 나오는데
쥐스틴이 매 장면 엄청 재밌게 보며
즐겁게 팝콘을 먹는다
유혈이 낭자한 장면들이 약간 거북하지만
쥐스틴의 웃는 모습을 보는 게 그보다 더 값지다
세 시간이 지나고 극장 안이 다시 환해져
외투를 챙겨 입는데
우리 뒤에 앉아 있던 몇몇 여자애들이
무감각 상태에서 깨어나더니
낮은 목소리로 또렷하게 속삭인다
"봐, 그 창녀가 우리 앞에 앉았어."
쥐스틴이 뒤로 돌아 그들을 향해 말한다.
"지금 내 얘기하는 거야?"
여자애들은 키득거리고

나는 옆에서 "그만해!"라고 소리친다

(고백하자면, 때론 나도 화를 감당하기 버겁다)

하지만 여자애들은 더 심하게 비웃으며
나를 '불쌍한 기사' 취급을 한다
그러는 사이에 쥐스틴이 크게 화를 내며
내가 그 아이의 행동을 예측할 겨를도 없이
여자애들 중 한 명의 뺨을 때리고 소리를 지른다

"그 입 다물어, 안 그러면 내가 네 이를 다
날려버릴 거니까!"

급격히 험악해지는 분위기를 감지한 나는
쥐스틴의 팔을 잡아당겨
우리가 밖으로 내쫓기기 전에 출구로 끌고 나간다
"가자, 여기 있지 말고."

날이 어둡고 춥다.

쥐스틴은 슬픈 눈으로 내게 말을 건넨다

"로미오, 미안해. 하지만 참을 수 없었어."

나는 상황을 심각하게 만들지 않으려 한다

"충분히 따귀를 때릴 만했어."

우리는 장갑, 모자, 목도리를 걸치면서
함께 웃는다
길 위에 녹은 눈이 빙판으로 변해 미끄러웠고

우리는 넘어지지 않으려고 서로를 붙잡고
세상의 모든 불이 꺼지고 아무도 없는 듯한
우리 동네를 향해 천천히 걸어간다.

쥐스틴의 집과 우리 집으로 갈라지는 사거리에서
헤어지려는 순간,
나는 이전처럼 되돌아가기 위해서는
우리에게 전략이 필요하다는 생각이 든다.

그래서 밤중에 나는 쥐스틴을 붙잡는다
차가운 공기 속에서
우리 대화로부터 퍼져나가는
뜨거운 입김이 또렷하게 나타난다.

**결심**

"너랑 오늘 영화 봐서 정말 좋았어. 이렇게 같이 가자고 해줘서 고마워."

"오, 아니야, 이렇게 나와서 네가 여러 영감을 받으면 좋겠어!"

"있잖아, 나, 계속 집에서 숨어 지내면 안 될 것 같아. 네 말처럼 걔네들이 이겼다고 생각하면서 흡족해할 거야."

"너는 너를 위해서 최선이라고 생각하는 행동을 했던 거야. 그거에 대해서 자책하지 마."

"응, 걔처럼 난 비열하지 않아. 아무 말도 하지 않고 내버려두는 건 내 스타일도 아니고."

"이제 어떻게 할 거야?"

"학교에 다시 갈 거야."

———

## 평행선

영화를 본 후 집으로 들어가니
집 안의 불이 거의 다 꺼져 있었다
열쇠구멍에 열쇠를 넣고 돌려
현관문을 열고 신발을 벗는다
부모님은 주무시고 있을 거라 생각했는데
두 분이 거실 소파에 마주 앉아
한창 대화를 나누는 모습을 발견했다
텔레비전은 꺼져 있고
부모님의 목소리 말고는 아무 소리도 들리지 않는다.

이런 일은 처음이다
지불해야 할 청구서나
식사에 대한 이야기 말고
엄마와 아빠가 서로 대화를 나누는
소리를 듣는 건
정말이지 처음 겪는다.

나는 현관문 앞에 서 있다
부모님은 내가 오는 소리를 듣지 못했고
내가 있다는 것조차 눈치채지 못했다

나는 어둠 속 그림자다
나는 그들의 이야기 속에서 간신히 존재한다
우리 가족은 서로 평행하는 삶을 살고 있어
아침, 저녁, 주말
우리의 길이 교차되는 일은 흔치 않다
나는 아들이고 그들은 나의 부모다.

부모님의 목소리가 들린다
단어들의 약한 울림
우편물에서 봤던
그 이름과 관련된 일이다
그리고
한 번도 겪지 못한 일이 일어났다.

'엄마가 눈물을 흘린다'

나는 너무나도 놀라
두 팔이 아래로 툭 떨어지고, 배가 아파온다
엄마의 눈물을
나는 한 번도 본 적이 없다
엄마가 오열하며 꺽꺽거리는 소리를
나는 한 번도 들어본 적이 없다
우는 엄마의 모습이 낯설다

엄마의 눈물은 내 안에 있는 아이를 순식간에 울린다
하지만 그 아이는
자신에게 한 번도 두 팔을 벌려준 적이 없던
엄마를 어떻게 위로해야 하는지 모른다.

## 그리고

그리고 아빠는 두 손으로 엄마의 볼을 감싼다
나는 엄마의 피부에 부드럽게 착 달라붙는 손바닥을 본다
아빠가 이런 행동을 하는 모습을 한 번도 본 적이 없다
엄마가 이런 행동을 받아들이는 모습을 한 번도 본 적이 없다.

나는 이 상황을 믿으려고 내 맨살을 꼬집어본다.

집 안에서 어떤 일이 일어나고 있다
무언가 다시 문제가 되어 돌아온 것이다.

## 남은 방학 기간

하루하루가 천천히 흐르고 있다
나는 늦게 일어나 침대 위에서 뭉그적거리고,
시집 등 책도 조금 읽고, 글도 쓴다
음악에 대한 생각, 글귀, 영화 속 대사 같은
거의 모든 주제로 다시 노트를 채우기 시작했다
내 삶이 더 많은 의미를 갖도록
나는 내 삶에 대해 쓰고 싶다.

쥐스틴과 문자를 주고받는다
쥐스틴은 점점 더 좋아지고 있고,
전처럼 농담을 던지기도 하고,
이따금 내게 섹스에 대해 얘기하기도 한다
그때마다 나는 혼자서 얼굴을 붉힌다
그런 얘기를 거의 하지 않는 나
그런 삶 없이 그걸 꿈꾸는 나,
나는 얼음이고
쥐스틴은 불 같다
이런 점이 우리를 웃게 한다
서로를 끌어당기는 반대 성향.

## 너는 그렇게 생각하지 않아?

우리는 가끔씩 만난다
쥐스틴의 집도, 우리 집도 아닌,
광장에서, 도서관에서, 삼촌 가게에서.

어느 늦은 저녁,
벤치에 앉아서
찬바람이 우리 얼굴을 세차게 치는데도
딱 달라붙어 앉아
같은 질문들을 되풀이한다
쥐스틴이 했던 행동, 쥐스틴이 후회하는 것,
그렇게 했어야 하거나 하지 말았어야 하는 것,
나는 이런 논쟁에서 그만 벗어나고 싶다.

"쥐스틴, 너는 네 나이에, 네 공간에서, 네 의지대로 몸을 사용할 권리가 있다고 생각하지 않아? 이건 범죄가 아니잖아? 그 행동에서 네가 무슨 혐의로 처벌받아야 해? 그냥 사람들이 네 몸을 봤다는 이유로? 그렇다면 왜 걔는 이 상황에서 자유롭지? 어쨌든 걔도 거기 있었고 너하고 즐겼잖아, 강제적인 상황이 하나도 없었어, 나는 걔도 그걸 잘 알았을 거라고 생각해. 쥐스틴, 오히려 네가 너의 자유, 너의 즐거움, 너의 사생활을 주장하고 그걸 어떤 힘으로 만들어야 한다고 생각하지 않아? 얼마 전까지만 해도 너는 네가 페미니스트라고 얘기하지 않았어? 자유로워지는 것이 진정한 투쟁이라고 네가 말했지? 내 생각에는, 그들이 봤던 영상은 전혀 상스러운 것도, 더러운 것도 아니야. 영상은 단지, 너처럼 남녀 모두가 살아가면서 누구나 경험하는 단편적 모습의 일부에 불과해. 그저 서로에게 몸을 맡기는 동안 다른 모든 것은 던져버리는 그 순간에 지나지 않는다는 걸 남녀 구분 없이 모두가 받아들이도록 이끌고, 사람들이 자문해보게 하고, 이 모든 것을 다시 생각해보도록 유도해야 해."

쥐스틴은 몇 분 정도 말이 없다
그 아이의 숨이 가로등 아래에서 입김이 된다
천천히
은은하게
멈춰진 순간.

그리고 돌아오는 오묘한 쥐스틴의 대답.

"네 말이 맞아. 좋은 생각이 하나 떠올랐어.
우리가 자유 회의를 만들자."

## 몸과 마음

개학 전 날
우리는 하루종일 같이 시간을 보내며
이 회의에서 여학생과 남학생이
섹스, 사랑과 아름다움에 대해
서로 이야기할 수 있는 대화의 장으로
무엇을 하는 게 좋을지 고민한다.

"나는 몸, 너는 마음이 되는 거야."
쥐스틴은 의기양양하게 단어를 적어 보여준다
나는 웃는다
나 역시
몸, 욕망과 갈망이 있는 사람이고
그저 진지하기만 한 남자애가 아니며
내게도 모든 게 그렇게 간단하지 않고
나의 외로움도 그런 생각을 할 수 있다는 사실을
쥐스틴에게 이야기하지 않는다
이 분위기를 깨뜨릴 순간이 아니다
그래서 나는 그렇게 하겠다고 쥐스틴에게 약속한다.

우리는 진실을 재정립해야 한다

그놈 탓에 공유된 그 순간에 대해 말해야 한다
쥐스틴이 그를 원했고, 그를 좋아했고,
그날이 부끄럽지 않으며,
비난받을 행동을 하나도 하지 않았고,
쥐스틴은 그저 둘만의 일로 남길 원했지만
그놈이 둘만의 일을 공개했기 때문에
이렇게 둘 모두 이 일에 휘말린 것이라는 진실을 말해야
한다.

## 다시 시작

개학날 월요일 아침
늘 다니던 길을
3월 초 아침의 푸르스름한 추위 속에서
20분 동안 혼자 걷는다
저 멀리 교문이 보인다
파카를 입고 백팩을 멘 무리
벌써 담배를 피우는 애들
자신만의 스타일로 한껏 꾸민 애들
남학생 무리, 여학생 무리
서로 너무 섞이지 않으려고
끼리끼리 모인 것 같다.

가끔 나는 나 자신에게 묻는다
우리는 서로 마음이 딱 맞게끔 만들어졌을까
우리가 무리에서 벗어나
한 발짝 내디뎌
방향을 바꾸는 일은 가능할까
어느 누구와도 닮지 않고
엮이지 않으며
유일한 모델, 자기 자신으로 존재할 수 있으면서

획일화되지 않을 수 있을까
여성과 남성 중에서
반드시 어느 한 진영을 선택해야 할까
그러니까, 만약 여자들과 가깝다고 느끼는
남학생이 있다면
호모이든 내향적인 아이든, 반드시 어느 한쪽이어야 하는
것일까,
왜 단 하나의 소프트웨어에 의해
통제되어야 하지?

나는 딱 붙는 청바지, 운동화, 파란 점퍼를 입는다
내 얼굴은 가늘고, 몸은 말랐다
나는 멜랑콜리한 시를 읽고
열린 결말의 영화를 좋아하고
내가 태어나기 전에 나온 음악을 듣는다
여자애들은 내게 다가오지 않고
남자애들은 나를 비웃는다
나는 현실 속 어디에도 없는 존재다
성생활조차 없다
딥키스를 한두 번 정도 살짝 했는데
벌써 몇 년 전 일이고
이후 쥐스틴과 키스를 했지만
그 친구는 기억하지 못한다.

나는 욕구,
여러 감정을
점점 더 자주 느낀다
나는 내가 바라보는 모든 사람이 만든
칸막이 안으로, 거푸집 안으로,
액자 틀 안으로 들어가지 않는다
심지어 나와 다른 것 같은 사람들과도 많은 시간을 함께
보낸다.

나는 어디에도 없는 그런 남자애다
그런 남자애가 무작정 걸어
교문 앞에 도착한다
3월의 어느 월요일인 오늘
별난 하루가 시작된다.

## 쥐스틴이 돌아왔다

학교 정문 근처에서 쥐스틴이 오는지 살핀다
모퉁이를 도는 쥐스틴의 실루엣이 보인다
쥐스틴이 학교로 돌아오기 위해서는
욕, 비아냥, 낄낄거리는 웃음에 맞설
용기가 필요했다는 걸 나는 잘 알고 있다
쥐스틴이 옷을 입었다 한들
애들 앞에서는 발가벗겨진 모습이나 다름없다
사람들은 발가벗겨진 쥐스틴의 몸에 '더러운 년'이라는
낙인을 찍었다.

"안녕.", 나는 쥐스틴에게 인사한다
　　　"안녕."
"잘될 거야."
　　　"애들이 내 신경을 건드리면 안 되는데."
"우리가 결심한 일 잊지 마.", 나는 쥐스틴에게 상기시킨다
　　　"걱정 마, 내가 해야 할 일을 잘 알고 있으니까."

우리는 운동장을 가로질러
학교 복도를 지나간다
학생들로 바글바글하다

모두 쥐스틴을 향해 몸을 돌린다
몇몇 애들은 서둘러 다른 곳으로 시선을 옮기지만
영상을 몰래 보고 즐겼던 애들의 얼굴에는
의기양양한 기색이 만면하다
쥐스틴이 고개를 치켜들고 주먹을 꽉 쥐며
앞으로 걸어가자
주변이 점점
조용해진다.

쥐스틴이 사물함 근처 패거리들에게 다가가
그날 밤 함께 침대에 있던
녀석에게 말을 건다.

"너 정말 연기 잘하더라.
그 영화에서,
은폐의 왕이던데?
네 고추도 잘 안 보이더라.
우리 사이 일조차
나는 기억나지 않아."

"그 영상 속 남자가 내가 아니란 걸 너도 잘 알잖아."
이를 꽉 물며 그 녀석이 대답한다
"난 너랑 잔 적이 한 번도 없는데,

너 이젠 아무 말이나 내뱉는구나."

"네가 이렇게 나올 걸 예상했어."
쥐스틴이 꿈쩍하지 않고 다시 말을 받는다
"넌 찌질한 겁쟁이야.
나는 부끄럽지 않아.
나는 진실을 받아들이고 있어.
하지만 너는 네가 나한테 저지른 일을
후회하게 될 거야."

쥐스틴이 그를 쏘아본다
두 동물이 서로 잡아먹을 듯이 서로를 응시한다
패거리가 사납게 자신들의 대장을 에워싼다
나는 소동이 일어날 것 같은 느낌에
쥐스틴을 좀 더 먼 곳으로 끌고 간다
드잡이하는 건 무의미한 일이다
우리 주위로
역겨운 냄새가 둥둥 떠다니고 있다.

### 캠페인

오늘 우리는
교내의 문과 게시판, 사물함에
전단지를 붙이기로 했다.

**쥐스틴과 로미오가**
**자기 자신으로 존재할 자유를 이야기하는**
**대화의 장에 여러분을 초대합니다**

이 일이 우리를 어디로 이끌지
한 치 앞도 모르지만
전단지를 붙이는 건 멋진 일이다.

어떤 일을 벌일 때, 우리는 그 실체를 전혀 모른다.

## 삼촌

수업이 끝나고 나는 삼촌을 보러 간다
오늘 있었던 일을 삼촌에게 얘기하고 싶다
생각해보면, 내 속 이야기를 모두 털어놓을 수 있는 사람은 삼촌이 유일하다
삼촌 가게에 도착했을 때, 나는 가게 문턱 앞에서 발걸음을 멈춘다
가게 안을 가득 채우는 드럼 소리가
밖에까지 들려온다
강렬한 리듬이 꼭 위협하는 것 같다
삼촌은 볼륨을 최대로 높였다
들려오는 노랫소리는
처음에는 부드럽다가, 점점 더 떨린다
가게 유리창을 통해 나는 삼촌을 바라본다
삼촌은 가구를 한쪽으로 몰아놓고 가게 안을 빙빙 돌고 있다
그렇게 춤추는 삼촌은 한 번도 본 적이 없다
배가 살짝 불룩하게 나오고 옆머리가 빠진 삼촌이
제자리를 빙빙 돈다
삼촌이 노래를 따라 부르는데, 가사를 다 외운다
굉장한 음치지만 노래 부르는 모습은 멋져 보인다

**우리는 세상을 뒤집을 수 있어**

**지구의 혁명을 이끌 수 있어**

**우리에겐 힘이 있어**

**사람들에겐 힘이 있어***

노래가 끝나고,
삼촌이 숨을 가다듬느라 시간이 좀 걸린다
삼촌은 땀에 흠뻑 젖었지만 웃고 있다
자기 자신을 향해 웃고,
패티 스미스에게도 미소를 보낸다.

내내 가게 문 앞에서 지켜보고 있자니
문득 삼촌이 멋지고
엄청 생기 있어 보였다.

삼촌이 혼자만의 시간을 보내도록
가게로 들어가지 않는다
다음에 다시 오기로 한다.

* 영국의 여성 로커 패티 스미스의 노래 〈권력은 민중의 것**People have the power**〉의 가사

## 사진 속 낯선 인물

그날 저녁 집에 들어서는 동안
머릿속에 패티 스미스의 목소리가 계속 울렸지만,
당연히 집 안 분위기는 그 노래처럼 흥겹지 않았다
한편으로 이런 느낌이 왜 뜨악한지 모르겠다
우리 집은 흥겨웠던 적이 한 번도 없었으니까.

그런데 그날 저녁의 분위기는 더 딱딱하다
지붕 위로 시멘트 1톤이 쏟아지고
그 속에서 숨이 막혀 죽을 것 같았다
아마도 처음으로
내가 부모님께 먼저 말을 건다
정말로 부모님께
말을 한다.

"이제 나도 참을 만큼 참았어. 무슨 일인지 나한테 얘기해줘."

부모님은 서로 마주 보다가
내 쪽을 돌아본다
갑자기 엄마가 아예 딴사람이 된 것처럼,

아이처럼 연약하게, 비처럼 가녀리게 보이고
눈동자는 땅속에 묻어버린 비밀 탓에 색이 바랜 것 같다.

엄마는 목소리를 가다듬고,
내게 말할 준비가 되었다고 말한다
엄마의 목소리도 전과 달랐다
더 부드럽고, 더 젊어진 목소리
과거의 분노와 쓰라린 고통을 씻어낸 것처럼.

"네 방학이 시작하기 며칠 전에 어떤 남자가 죽었다는 편지를 받았어. 식탁 위에 있던 우편물을 너도 봤지. 그 이름도 보고. 네가 다 봤다는 걸 나도 알아. 그 남자는 나의 아버지였어. 너는 그 남자를 모르지. 너한테는 한 번도 이야기한 적 없으니까. 아주 어릴 때, 너는 나의 부모님, 그러니깐 너의 외할아버지와 외할머니에 관해 많이 물어봤지만, 나는 한 번도 대답한 적이 없었지. 어떻게 있는 그대로 이야기해야 할지 나도 몰랐거든. 나는 내 엄마에 대한 기억이 하나도 없어. 내가 태어났을 때 엄마가 사라졌거든. 내 엄마는 '그 남자'한테 나를 떠넘겼어. 그 남자한테, 나의 아버지, 그 남자가 있던 그곳에, 그 남자가 파괴해버렸던 것들과 함께 나를 버린 거야. 로미오, 그 남자는 내 어린 시절을 유린

했어. 그 남자가 내 모든 것을 빼앗았어. 나의 천진난만함, 내 꿈, 내 인생, 모든 것을. 그렇게 몇 년이라는 시간을 보냈어. 끔찍한 유린의 세월, 내게는 파괴의 세월이었어. 몇 년 동안 아무도 모르게. 그 남자는 가는 곳마다 나를 데리고 다녔어. 겉으로는 좋은 사람처럼 행동했기 때문에 누구도 의심하지 않았지. 나는 어린 여자애였고, 그 남자는 나를 부숴버렸어, 나는 죽은 거나 다름없는 사람, 아예 존재한 적도 없는 아이였어.
나는 열여덟 살이 되어서야 도망쳤어. 그제야 떠날 용기를 낸 거야. 하지만 어디로 가야 할지 몰랐어. 오래전부터 알고 지낸 이웃 여성이 나를 거둬줬어. 그리고 나는 빵집에서 작은 일자리를 찾았어. 그곳에서 내게 셋방 한 칸을 내줬지. 그리고 가게로 매일 빵을 사러 오던 네 아빠를 만난 거야.
네 아빠는 내게 친절했어. 우리는 가까워졌지. 나는 아빠에게 모든 일을 이야기했어. 아빠는 산산조각 난 상태로 완전히 망가져 있는 나를 있는 그대로 이해해줬어. 그리고 나를 돕기로 마음먹었지. 그렇게 우리는 결혼했어. 하지만 내 몸이 더는 살길 원치 않았고, 아빠도 더는 감당할 수 없는 상황이었어. 로미오, 엄마가 미안해, 나는…… 아이를 원치 않았어. 네가 이해해주면 좋겠어. 나는 도저히 못 하겠다고 느꼈던 거야. 아이를 원치 않는다는 것을 내 마음속 깊은 곳에서부터 알았으니까. 네가 이해할지 모르겠지만, 내 몸은, 내 것이 아닌 것 같았어. 그리고 네가 태어났고, 지금 네가 여기에 있고, 나는 너를 어떻게 키워야 할지 모르겠더라. 너를 사랑하는 법을 몰랐던 거야. 엄마는 네가 '그 남자'와 닮아질 수 있는 모든 것을 너에게서 지우고 싶었어. 어떤 방식으로는 내가 성공했다고 생각해. 네가 여기서 떠나고 싶어 하게 만드는 것조차 성공했지.

내가 지금까지 살면서 내내 바둥거리고, 딱딱하고, 차갑고, 무뚝뚝하게 행동한 이유가 있었던 것 같아. 거북이 등껍질처럼 생존 방패 같은 것이었어. 그런데 그 남자가 죽은 지금, 이런 싸움이 더는 존재하지 않는 것 같고, 모든 게 나를 다시 덮친 것 같고, 내 두려움, 비밀들, 모두 되돌아온 것 같은 기분이야.

로미오, 이런 엄마라 미안해. 너는 이것보다 더 가치 있는 아이야. 네가 받아야 할 만큼 내가 너를 사랑해주지 못했어."

엄마가 울기 시작한다
그렇게 많은 말을 내게 한 적이 한 번도 없었다

그리고 순간, 나는 모든 것이 이해된다
엄마의 침묵
엄마의 부재
한 번도 엮이지 않았던 우리의 관계
이윽고 나는 엄마가 누구인지 안다
나는 늘 꾹 눌러왔던 행동을 한다
엄마를 알았던 적이 없어 내가 하지 않았던 그 행동
　　　내 두 팔로 엄마를 안아준다
내가 할 수 있는 만큼 엄마를 꼭 껴안는다
내 심장과 맞댄 엄마 심장의 쿵쾅쿵쾅 뛰는 소리가 들릴
만큼 엄마를 껴안는다
　　　처음으로
　　　마침내 나는 엄마의 어린 아들이 된다.

나는 엄마를 꼭 껴안고 또 꼭 껴안는다
나쁜 운을 내쫓으려는 듯이
그리고 아주 낮은 목소리로 엄마에게 귓속말을 건넨다.

　　　"엄마 잘 들어봐,
　　　여기 엄마 심장이 뛰는 소리를 들어봐,
　　　엄마는 살아 있고 나는 여기에 있어,
　　　나는 엄마와 함께 있어."

## 남자다움이란 무엇일까?

남자의 머릿속에서는 이따금씩 무슨 일이 일어나는 것일까? 이 절대 권력의 욕구란 무엇일까? 몇몇 남성들을 사로잡아 그들을 미치게, 거칠게, 그리고 잔인하게 만드는 남자다움이란 무엇일까? 이런 남성들은 누구인가? 이런 방향으로 길을 걷고, 이런 선택을 하기까지 그들에게는 대체 무슨 일이 있었던 걸까? 어떻게 극단으로까지 치닫게 되었을까? 지배하는 것이 왜 그리 중요할까? 더 위대한 사람이 되게 할까? 그게 더 중요한 사람으로 만들어줄까? 왜 그들은 남성이 첫 번째라고 말할까? 모든 남자에게 어머니가 있는데, 왜 어머니를 제치면서까지 첫 번째가 되려는 욕구를 보이는 것일까? 그런 남자에게는 파괴 성향이 있는 걸까? 자신이 소유하지 않은 것, 어쩌면 영원히 소유하지 못할 것을 강제로 쟁취하려는 욕구는 왜 있는 것일까? 어떤 부분에서 여성의 자유가 그들이 가진 자유를 방해하는 것일까? 그렇다면 평등은 언제 실현되나? 진정 평등이 존재할 수 있을까? 오늘날 '남성'은 무엇을 의미할까? 여전히 강인하다는 것을 의미할까? 지배하는 사람? 우위를 점하는 것? 승리하는 것? 근육을 키우고 과시하는 것일까? 실패한 남성도 여전히 남성일까? 남성도 실수할 권리를 가질 수 있을까? 자신의 잘못을 말하고, 인정하고, 고치는 방법을 배울 권리를 가질 수 있을까? 끊임없이 투쟁하고, 승리의 트로피를 쟁취하고, 사람들을 짓밟고, 무자비하게 행동하고 싶은 욕구라는 게 무엇일까? 어째서 몇몇 남성들은 모욕을 주고, 때리고, 상처를 주고, 가혹한 행동을 할 때 쾌락을 느끼는 걸까? 그런 쾌락이란 무엇일까? 이 사악한 행동은 대체 무엇일까? 이 도식에서 빠져나올 수는 있을까? 남성이 일으키는 피해가 그토록 많다면, 과연 남성이 된다는 것은 어떤 의미일까?

이런 거친 남성이 되지 않을
권리를 내게 주면 좋겠다.

## 한가운데 멈춘 공

엄마의 이야기, 회의 준비 사이에
나는 수업이 계속 있다는 것을 거의 잊고 있었다.

오늘 아침 체육관에서 일어난 모든 일은 내게 이 사실을
상기시킨다
운동화 밑창이 체육관 바닥과 부딪치는 마찰음이 울리고
농구공은 농구 골대 망을 맞고 튕겨나간다
체육 선생님은 규칙적인 호루라기 소리로 명령을 내린다
사물함 패거리는 틈날 때마다 나와 부딪힌다
허울만 단체인 스포츠에서
내가 빛나지 않을 것이라는 사실은 진즉 알고 있다.

그저 그들이 알아줬으면 좋겠다
얼마나 내가 그런 것에 신경 쓰지 않는지
요즘 내게 중요한 건
여기에 있지 않다는 사실을.

"자, 로미오, 몸을 움직이던가 정신을 좀 차릴래?"
벤치에서 선생님이 내게 소리를 지른다
패거리는 진작부터 낄낄거리며 웃는다, 놈들의 입을 막아

버리고 싶다
그 순간 오래전부터 내가 해야 했던
행동을 딱 한다.

나는 진짜로 멈춰 선다.

가만히, 어떤 움직임도 없이 서 있는다
체육관 한복판에서, 한마디로 방해물이 된다
"로미오, 무슨 문제인지 설명해볼래?
내가 너한테 갈 일을 만들지 말아라."
나를 향해 호루라기를 불며 선생님이 엄하게 명령한다.

그래도 나는 꿈쩍도 하지 않을 것이다
이제는 정말 끝이다
얌전한 학생도 끝, 괴롭힘을 당하는 학생도 끝
하는 척하는 것도 끝
패거리가 고양이 울음소리를 내게 내버려
두는 일도 끝
모두 끝이다.

"좋아, 탈의실에 가서 네 흥분을 가라앉혀, 그렇지만 너하고 나는, 나중에 학생지도실에서 따로 얘기하자."

나는 체육관을 떠나
남학생 탈의실로 들어가
벤치에 앉는다, 위가 아프다
나는 내가 눈독을 들인 가방을 포착한다
일어나 가방을 뒤지다가,
주머니에서 핸드폰을 발견한다
잠금 설정도 없다
이 놈은 정말 멍청한 놈이었다
나는 사진첩에서 영상의 흔적을 찾는다
마침내 그 영상을 찾아낸다
멍청한 놈은 영상을 삭제조차 하지 않았다
이보다 더 좋은 증거물은 발견할 수 없을 것이다
아주 짧은 순간,
나는 그 영상을 재생하고픈 시험에 들었지만
나는 내가 그 영상에서 얻을 수 있는 게 무엇인지 모르겠다
내게 필요한 건 하나도 없기 때문이다
나는 IP주소, 파일을 전송한 날짜, 요일, 시간을
적어놓고 핸드폰을 다시 그놈 가방 안에 넣는다.

수업 종이 울리는 소리가 들리고
나는 옷을 갈아입기 시작한다
내가 놓은 덫의 문이 닫힌다.

## 감정 교육

프랑스어 수업 시간에
선생님이 소설의 한 구절을 보여주신다
소설은 자기 삶이 끝나는 순간에
아무것도 후회하지 않으려고
아무런 꿈도 없이 그저 야망만을 좇은
미성숙한 청년의 감정에 대해 이야기하고 있다.

선생님은 소설의 짧은 구절을 거침없고 강한 목소리로 우리에게 읽어주었다.
"그리고 그들은 자신의 삶을 요약해본다. 둘 다 실패였다.
사랑을 꿈꿨던 삶, 권력을 꿈꿨던 삶 모두."*

"이 문장에 대해 넌 어떻게 생각하니?"
선생님이 사물함 패거리의 대장에게 묻는다
어리둥절한 그놈은 어깨를 한 번 들썩이고는 아무 말도 없다
선생님이 날카로운 어조로 말을 잇는다.

* 프랑스 소설가 귀스타브 플로베르의 《감정교육》의 한 구절

"당연히 아무 생각도 없겠지. 정말 안타깝구나. 그래도 너의 관점은 흥미로울 것 같았는데. 나는 네 뒤틀린 야망이 이 소설의 주인공처럼 너를 가만히 두지 않을 거라고 생각했는데."

나는 그 녀석을 보고, 선생님을 본다
선생님도 알고 있다는 것을 나는 안다
선생님은 모든 일의 시작이 그 녀석이라는 것을 알고 있다
협박, 조롱, 사진과 영상,
SNS에 올린 모든 것,
선생님은 안다, 선생님은 바보가 아니다
삼촌이 말했듯이
속지 않는 사람이 있다.

수업이 끝나고 모두가 서둘러 나갔다
나는 칠판에 적힌 문장을 바라본다
나는 몽상가이고
주로 우울한 몽상에 빠져 있지만
마음속 깊은 곳에는 이런 희망이 있다
나는 내 인생을 망치고 싶지 않다.

## 십자군 병사들

강당 근처에서 쥐스틴을 만난다
강당에서 우리는 회의를 열기로 결정했다
놀랍게도 교장 선생님이 우리의 계획을 허락해주셨다
아마 선생님도 교내에 깔린 해로운 분위기를 잘 알고 계셨으리라
양호 선생님은 자신도 회의에 참석할 수 있는지
우리에게 물어보셨고,
우리는 좋다고 답했다.

쥐스틴은 우리가 십자군이라 말한다
사람들을 깨우치고,
자신이 원할 때 자신의 몸과 마음을
사용할 자유가 각자에게 있다는 사실을 상기시키려면
논리로 무장한 모습을 보여줘야 한다면서.

나는 열정이 가득하고 신이 나 있는 쥐스틴을 바라본다
내일 우리 둘이 이곳에 서 있는 모습이 상상되지 않는다
불과 몇 달 전만 해도
우리는 서로 모르는 사이였고,
이곳에서 나는 존재감이 전혀 없었다

게다가 나는 많은 사람 앞에서 말하는 내 모습을 상상하던 아이가 아니었다.

“남학생들이 바보처럼 숨어 있지 말고,
여기로 오면 좋겠어.
우리 모두와 관련된 문제니까.
로미오 네가 있어서 참 좋아.
네가 가진 남성 관점을 보여주고,
참석한 학생들에게 남성도 민감한 사람이 될 수 있다는 걸 설명하는 거야.
공감하는 존재가 될 수 있다는 것을 말이야.”

내가 남성을 대표로 나가는 게
정당하다고 생각하지는 않는다
게다가 다른 사람들 앞에서 말하는 게 나는 싫다
그렇지만, 일단 해보자
쥐스틴이 자신의 자리를 찾아
자신의 분노를 평정의 말로 바꾸고
여학생과 남학생이 서로 대립하지 않고
모두가 승리해야 한다는 사실을 깨닫게 되어서
나는 그저 좋다.

이곳저곳 전단지를 붙이기 시작한 이후,

우리 주위로 미묘한 움직임이 감지된다
무관심, 시선의 변화, 호기심의 변화
우리는 그들이 소스라치게 놀라기를
우리가 그것을 잘 활용하기를 바란다.

## 합주 연습

내게 알려준 주소에는 문이 없고
두 집 사이로 이어진 통로가 하나 있다
정원으로 걸어가니 그곳에 작은 오두막이 있다
실내에 불이 켜져 있고
악기 연주 소리와 그 위로 강렬한 목소리와 외침이 들린다
막상 문을 열고 들어가
이 그룹 속에 있는 나와 내 기타에 쏟아질 시선을 생각하니 갑자기 무서워진다
다시 돌아갈까 망설이다가, 통로 중간에서 나는 멈춘다
그 순간 문이 열리며 목소리가 들린다
"들어올래?"
나보다 나이가 조금 더 많아 보이는 낯선 남자가
문턱에 기대어 나를 기다린다
드디어 사람들 앞에서 베이스 기타를 연주하는 순간이 온 것이다
내가 아는 용기를 모조리 끌어모아
나는 연습실로 들어간다.

작은 오두막 안에는 세 명이 있다
재빠르게 멤버 한 명이 여성이라는 걸 발견한다

예상하지 못했던 부분이다
드러머인 여성 멤버는 상냥해 보인다
바닥에는 카펫이 깔려 있고, 공간이 잘 꾸며져 있다
멤버들은 기존 베이스 기타 연주자가 이사를 갔고
그 자리를 대체할 사람을 아직 찾지 못한 상황이라고 설명한다.

이상하게도 나는 금방 편안해진다
멤버들은 내게 맥주를 권하고, 나는 거절하지 않는다
그들은 내가 주로 듣는 음악이 무엇인지 묻는다
나는 삼촌의 음반에 대해 이야기한다
루 리드, 보위, 이기 팝
그들은 내게 빈티지스럽다며, 과거 시대에 머물러 있다고 말한다
어쩌면 그 말이 맞는 것 같다
나는 내게 알맞은 시대에 태어나지 않았다.

여성 멤버가 말한다
"사실 우린 그런 거 신경 안 써. 음악하면서 가장 좋은 건 네가 모든 것을 새로 재창조할 수 있다는 거야. 애들아, 그럼 시작해볼까?"

이제 시작한다

나는 기타의 끈을 헐렁하지 않게 조절한다
밴드 멤버들이 노래를 다시 연주하기 시작하고
나는 그 위에 머뭇거리며 음을 올리려고 애쓴다
나름 최선을 다하는데, 손가락이 떨린다
음이 그리 나쁘지 않다, 내 생각에는,
나는 리듬에 집중한다, 하나, 둘, 셋,
멤버들을 바라보니, 모두 엄청 즐거워하는 모습이다
드러머는 모든 게 폭발해 흥분해 있다
합을 잘 맞추는 건 그리 어렵지 않았다
밴드 멤버들도 딱 달라붙는 청바지를 입고
머리도 깔끔하게 다듬지 않았다
이전처럼 내가 다른 존재라고 느껴지지 않는다.

노래 한 곡이 멈출 때
마무리 부분을 살짝 놓쳐서
나는 노래가 끝났는데도 연주를 더 하고 말았다.

멤버 애들이 웃었고, 여자 멤버가 내게 말한다
"좀 더 연습이 필요해 보여, 하지만 기본은 되어 있어. 그리고 네가 정말로 하고 싶어 하는 게 우리에게도 느껴져. 너만 좋다면 우리 팀원으로 들어와. 우리는 매주 목요일 합주 연습을 해. 네가 알아야 할 건, 이제 시작하는 밴드라 공연에 약하다는 거야. 음을 틀리기도 하고. 또 우리가 만든 음악으로 연주해. 말 그대로 우리는 (그들이 서로를 쳐다본다) 이제 막 첫발을 내디딘 팀이라고 할 수 있어."

나는 그들을 향해 미소를 짓고
좋다고 대답한다.

———

## 집에서

벽도 똑같고
가구들도 제자리에 있다
카펫, 작은 장식 소품들, 벽걸이 액자들
그리고 텔레비전이 켜져 있다
　　　하지만 모든 게 변했다.

무엇보다 엄마의 얼굴이 변했다
엄청난 무게가 엄마에게서 떠난 것 같고
그리고 나쁜 기억들
비밀, 말하지 못한 것들, 고통이
정말 정리가 된 것 같다
　　　영원히.

텔레비전은 여전히 켜져 있지만
전보다 빈도수가 줄었다
텔레비전은 이제
슬픈 날들 위에 붙이는 반창고가 아니다
심지어 아빠는 내가 좋아하는 영화들을 함께 보자고 제안했고
　　　나는 얼떨떨했다.

우리 삶에는 폭풍우가 휘몰아칠 수 있고
폭풍우가 지나가면서
이성, 애정과 감정을 뒤엎어
우리를 공허하고 피폐하게 만들 수 있다
이성을 찾을 새도 없이.

이제 나는 저녁에 집으로 걸어갈 때
느릿느릿 뭉그적거리며 걷지 않는다
부모님을 보고 싶은 마음에 서두른다
처음으로 만나고 싶고
보고 싶어진
부모님.

이 이야기를 다시 쓰기에
너무 늦지 않은 것 같다.

## 폭풍우가 지난 뒤

오늘 저녁 강당에
백 명이 넘는 사람이 모여
우리는 둘 다 놀랐다
모든 게 빠르게 지나갔다
쥐스틴에게도 그리고 내게도.

영상은 핑계에 불과했으며
저마다 여자와 남자의 관계에 대한
자신의 견해를 가지고 이곳에 왔다
그리고 변화하기를 원했고
사랑은 단지 사랑하는 두 사람만의 일이며
그들의 사생활은 다른 사람들과 관련이 없다고
저마다 목소리를 높였다.

학교 담벼락에 쓰인 글에 대해
해명을 하고 용서를 구하기도 했고,
욕설과 비열한 행동들에 대해
잘못을 고치고 싶어 했고
담벼락 사이에 다양한 목소리를
더 잘 주고받을 수 있는

여러 방법을 마련하면 좋겠다는 의견도 있었다.

사물함 패거리는 오지 않았다
참석자 모두
패거리의 폭력적인 방식과
여학생들을 무시하는 태도에 대해
쌓아온 불만을 표출하면서
그들을 비난했다.

그들의 이름이 언급되었고
영상 유포자는 야유를 받았다
이렇게 편안하게
말하는 내 모습에
나는 여러 번 놀랐고,
소설 《호밀밭의 파수꾼》의
남자 주인공을 생각했다
그리고 이 책에서 읽고 또 읽었던
내가 좋아하는 문장을
모두와 함께 공유하고 싶었다.

"인생은 시합이지. 인생이란 규칙에 따라야
하는 운동 경기와 같단다."

나는 박수를 받았고,
무척 놀랐다
쥐스틴은 이 문장을
학교 담벼락에
쓰자고 제안했고,
누군가는 그 문장을
사물함 가장 가까운 곳에
걸어놓자고 제안했다
이런 일이
다시는 일어나지 않도록.

회의가 끝나고
강당 출구에서,
몇몇 학생들은
이 학교에서,
우리 교실에서,
변화가 일어날 수 있게
노력해줘
고맙다고 말했다
별거 아니었다
거의 아무것도 아닌
일이었다
여학생과 남학생이

함께
우리의 자유를
우리 손에 넣는
방식일 뿐.

나는 쥐스틴을 바라봤고
쥐스틴도 나를 바라봤다
그 순간 나는
이번 인생에서 어느 것도
우리를 갈라놓을 수
없을 것이라고 생각했다.

## 최근 꿈

공연이 열리고 공연장 안은 사람들로 붐빈다
검정색 미니스커트를 입은 여자애들은
밤의 무감각한 상태에서 기타들이 만드는 파도 위를 넘실거린다
머리를 앞뒤로 흔들고, 손이 여기저기 움직인다
우리 주위에 세상은 존재하지 않는다
내가 무대 위에 있는데도, 내 모습이 보인다
네 개의 기타 줄 위에 손가락을 놓고 무대 위에서 나는 연주하고 있다
모든 게 평범하고, 단순하며, 또렷하다
처음으로
나는 내가 여기 있을 자격이 있는지 생각하지 않는다
불같이 불그스름한 조명 아래에서
내 고막까지 올라온 스피커 소리와 함께
베이스 기타가 밤을 찢어버리고 시선을 강탈한다
이제
우리는 어린 애가 아니다
밤이 우리에게 말한다
티셔츠, 치마, 진한 청바지
옷 아래로 진동이 스며든다

밤이 우리에게 말한다
"기다려, 이제 방금 시작했어, 기다려, 너는 아직 아무것도 경험하지 못했잖아, 넌 아직 사랑을 해보지 못했잖아, 기다려, 여유를 가져, 부탁할게, 너무 조급해하지 마."
그리고 나는 밤의 말을 주의 깊게 듣는다, 밤이 내게 한 말을 나는 듣는다
내 시선은 지하 공연장 안 사람들로 향한다
슬로모션으로 찍은 인생 같다
윤곽이 흐릿한 인생 같다
내가 어떤 얼굴, 목소리, 몸, 걸음걸이, 몸짓들을 사랑하게 되고
마침내 내가 있어야 할 곳에 있다는 것을 알게 될 어느 날처럼,
내가 모르는 누군가를 사랑할 어느 날처럼,
사람들의 실루엣이
조바심 내며 서로 사랑하러 왔다 갔다 하는 모습을 담은
크로키 데생으로 그린 인생 같다
그리고 나는 꿈을 꾼다
새로운 시작을 더 잘하기 위해서
노래 한 곡을 끝까지 연주하는 꿈을 꾼다.

꿈에서 깬 나는 창문 틈으로 달을 바라본다
내 주위 모든 게 환해질 것 같다.

## 블랙아웃

다음 날, 나는 삼촌 가게에 들려
회의, 토론, 급반전된 상황,
우리의 뜻과 다르게 서로 연결되어 일어났던 일들
쥐스틴을 향한 인정
모두의 이해
무언가
중요한 변화가 일어났던 분위기를 이야기했다
삼촌은 대견해한다, 그리고 늘 그래왔듯이
우리는 음악을 듣는다
가끔 인생이란 그런 것이다
거친 시기를 지날 때 위로해주는
우리가 전에 경험했던 일련의 순간들이다.

가게에서 나오니
날이 어둡다
거리에 밤이 내려앉았다
운하 위 다리를 건너는데
그곳에서 그 녀석이 보인다
패거리의 대장
다리 난간에 혼자 앉아서 담배를 피우며,

나를 기다리고 있었다, 명명백백히
그 녀석이 있는 지점에서 나는 가던 길을 멈춘다
나에게 할 말이 있어서 거기에 있는 것이기 때문에
녀석을 무시해봤자 소용없는 일이다
나는 그 녀석이 머릿속에 있는 말을 꺼내려
마음먹는 몇 분 정도를 기다린다
목을 큼큼 긁어 침을 탁 뱉더니,
노골적인 모습을 보인다.

"야, 재미 좀 봤겠어.
너희가 한 방 잘 먹였어.
지금 모두가 나를 증오하고 있어.
너희밖에 없어.
억압당한 커플, 내 불알에 대항하는 페미니스트들,
너희들은 나를 달갑지 않은 사람으로 만들려고 온갖 짓을 했어.
모두 나를 조롱하고 있어.
나는 퇴학당할 거야, 교장실로 불려갔는데
교장이 나를 경찰에 고소할 거래.
내 인생은 끝장났어, 다 네 덕분이다, 고맙다.
너는 네가 영웅이라고 생각하겠지, 아기 고양이, 네가 이겼어.
그런데 내가 아무 말 없이 이걸 받아들일 거라고 생

각한다면, 너는 내가 누구인지 잘 모르고 있던 거야."

나는 조용히 그 녀석의 말을 듣고 있다
뭐라고 대답해야 할지 모르겠고
그 녀석이 약간 딱했다
제물이 된 가해자
작은 고양이의 덫에 걸린 덩치 큰 수고양이.

그때 그 녀석이 내게 자살을 말하기 시작한다
내가 사라져버리는 게 차라리 좋을 거라며
사건은 순식간에 벌어진다며
사건이 잘 만들어지면 쉽게 위장된다는 말을 내게 한다.

내 생각에, 내가 웃었던 것 같다
나는 그 녀석에게 그건 말도 안 되는 소리다,
네게 일어난 일은 유감이지만
이 모든 이야기는 끝났다,
나는 내 친구를 도와준 것으로 만족했다,
나는 영웅의 요건을 갖고 있지 않다,
이제 우리는 조용히, 충돌 없이
각자의 집으로 돌아갈 수 있다,
나는 싸우지 않을 것이다, 절대로, 너하고도 안 싸울 것이
라고 말한다.

“누가 너랑 싸우재?
너는 그냥 이 다리에서 떨어지면 돼, 간단해,
신속하고 조용히, 너는 스스로 목숨을 끊는 거야.
얼른 해, 나는 여기 있을게. 너를 지켜볼 거야.”

나는 크게 놀라지만
말을 내뱉은 그 녀석은 진지하다
웃음이 터진다
내게서 바로 나온 반응이었다
그 녀석은 나를 뚫어지게 쳐다보지만, 웃지 않는다.

그렇게 일이 벌어진다
내가 아무것도 시도해볼 틈 없이 순식간에
그 녀석이 내 허리를 잡는다
내 몸무게의 거의 두 배 더 나가는 놈이다
내가 할 수 있는 만큼 발버둥치지만,
그놈이 나를 꽉 붙잡는 상태에서
벗어나기에는 역부족이었다
나는 소리를 지르고 싶은데 숨을 쉴 수 없다
그놈이 두 팔로 내 가슴팍을 꽉 조여
나는 싸울 수 없다고
너무 불공평하다고 생각한다.

우리는 다리 난간을 뛰어넘는다
내 몸 아래 저 멀리, 바닥이 있는 것 같다
모든 게 정말 어둡고 차가운 느낌이다.

이 어두운 밤에, 이 슬픈 밤에
나는 셰익스피어를 생각하고,
쥐스틴, 엄마를 떠올린다
나는 이제 곧 죽는구나
나는 여기서 아무것도 할 수 없다고 생각한다.

그 녀석의 옷, 난간의 돌
내가 할 수 있는 모든 것을 붙잡고 매달린다
그리고
달 없는 이 밤에
일어난 일을 이해하지 못한 채,

그 녀석과 나,

우리 둘 다 난간에서 떨어진다.

# 현재

작은 소리.
처음에는 미세하다가 점점 선명해진다.
눈꺼풀이 사르르 움직이고
익숙지 않은 한쪽 눈으로는 잘 보이지 않는다.

남자아이가 눈을 뜨고 있다.
천천히, 속눈썹 하나하나, 꿈에서 하나하나.
긴 잠을 자고 되돌아온다.

빛이 남자아이의 홍채를 관통한다.
아프다.
아프다는 건 아직 살아 있다는 것이다.

병실은 하얗고, 눈부시다.
이 공간이 낯설다.
여기서 뭐 하는 거지? 누가 여기로 데려온 거지? 무슨 일이 일어났던 거야?
아무 기억이 없다.
마취된 듯 마비된 몸이
그에게 익숙한 것 같다.

남자아이의 맞은편, 회색 소파에
여자아이가 잠들어 있다.
짙은 앞머리가 눈썹을 가린다.
여자아이는 둥지에서 떨어진 새와 닮았다.

남자아이는 여자아이가 누군지 알고 있다.
남자아이는 눈을 다시 감을 수 있다.
걱정할 일은 아니다.
다시 눈을 뜰 때
여자아이도 언제나 그곳에 있을 거라는 사실을 알기 때문이다.

남자아이의 심장이 뛴다.
그 소리를 남자아이도 들을 수 있다.
느리지만 규칙적으로.
모든 게 부드럽다. 모든 게 진짜다.

남자아이가 돌아온 이 긴 밤은
시(詩)의 형태를 하고 있다.

이제 남자아이는 자신이 사랑하는 사람들을
절대 잃지 않을 거라고 확신한다.

나는 거의 아무것도 아닌 존재

초판 1쇄 발행 2022년 3월 10일
초판 2쇄 발행 2022년 10월 15일

지은이 리자 발라부안느
옮긴이 윤여연

펴낸이 김진규
경영지원 정동윤
책임편집 또박편집공작소
디자인 손주영

펴낸곳 (주)시프 | 출판등록 2021년 2월 15일(제2021-000035호)
주소 경기도 고양시 덕양구 권율대로668 티오피클래식 209-2호
전화 070-7576-1412
팩스 0303-3448-3388
이메일 seepbooks@naver.com

ISBN 979-11-977377-3-2 43860